L’héritier d’un milliardaire grec

LYNNE GRAHAM

L'héritier d'un milliardaire grec

Traduction française de
LOUISE LAMBERSON

AZUR

HARLEQUIN

Collection : Azur

Titre original :
THE GREEK CLAIMS HIS SHOCK HEIR

HARPERCOLLINS FRANCE
83-85, boulevard Vincent-Auriol, 75646 PARIS CEDEX 13
Service Lectrices — Tél. : 01 45 82 47 47

www.harlequin.fr

ISBN 978-2-2804-3629-8 — ISSN 0993-4448

1.

— M. Fotakis vous recevra dans quelques minutes, annonça la jeune assistante à Eros, installé devant la baie vitrée surplombant la mer.

Il était de très bonne humeur, ce matin-là. Après avoir, par le biais d'intermédiaires, fait plusieurs offres au puissant homme d'affaires et vu ses propositions ignorées, il avait en effet fini par obtenir un rendez-vous avec lui, dans sa luxueuse propriété privée. Ce qui laissait présager que le vieux renard était enfin disposé à lui revendre Trilis.

Lorsque le père d'Eros avait fait faillite et été contraint de vendre son île, tout le monde avait présumé que Fotakis, l'acquéreur qui l'avait rachetée pour une bouchée de pain, envisageait d'y établir une nouvelle base, mais le richissime entrepreneur n'en avait rien fait.

Si Eros parvenait à récupérer la propriété familiale, il comptait y ouvrir une station balnéaire haut de gamme, de façon à créer de nouveaux emplois et relancer l'économie locale. Jusqu'à présent, Fotakis n'avait rien fait pour exploiter Trilis mais n'avait pas non plus paru désireux de la revendre.

Alors, pourquoi ce revirement ? s'interrogea de nouveau Eros, agacé de ne pas trouver de réponse. Mieux valait savoir ce qui motivait concurrents et adversaires, parce que l'absence de ce type d'information présentait immanquablement des risques. Aussi évitait-il toujours d'avancer à l'aveuglette, d'autant plus que Fotakis n'avait pas besoin d'argent.

Par conséquent, que pouvait bien vouloir cet homme rusé en échange de Trilis ? Que possédait-il, lui, Eros, qui puisse l'intéresser ?

C'était sans doute là que se trouvait la clé de l'énigme. Parce que Stam Fotakis était connu pour ses manœuvres retorses et peu orthodoxes.

Cependant, Eros restait déterminé à récupérer Trilis, à n'importe quel prix, parce que la seule chose que son père avait vraiment regrettée, c'était d'avoir dû vendre son île.

« Trilis est notre patrimoine, le berceau de notre famille, et quand on perd ses racines, on perd tout. J'ai payé cher pour le savoir, avait murmuré son père sur son lit de mort. Promets-moi que si tu réussis dans la vie, tu feras tout ce que tu pourras pour racheter notre île, Eros. C'est la terre des Nevrakis, où sont enterrés mes ancêtres et les tiens. »

Eros serra les mâchoires, refusant de se laisser aller à la sentimentalité. Les erreurs de son père lui avaient servi de leçon. Il fallait se montrer dur en affaires et dans sa vie privée. Ne jamais céder à la douceur ni à la séduction. Et, confronté à un individu aussi puissant et redoutable que Stam Fotakis, il lui faudrait redoubler de vigilance et de fermeté.

— M. Fotakis vous attend, monsieur Nevrakis…

Les cheveux et la courte barbe taillée en pointe blancs comme neige, Fotakis le dévisagea d'un œil froid et hautain.

— Vous voulez récupérer Trilis, déclara-t-il sans préambule.

Soutenant son regard, Eros s'appuya au dossier de sa chaise et allongea ses longues jambes.

— Moi, c'est autre chose qui m'intéresse, poursuivit le petit homme râblé trônant derrière son impressionnant bureau.

— Je m'en doutais un peu, répliqua Eros.

— Vous êtes maintenant divorcé, n'est-ce pas ?

Eros battit des cils, désarçonné un bref instant par cette question qui n'en était pas une.

— Je ne vois pas pourquoi vous évoquez un fait qui relève de ma vie privée, mais en effet, j'ai divorcé l'an dernier.

— Pour pouvoir épouser votre maîtresse ?

— Je ne comprends vraiment pas où vous voulez en venir, rétorqua Eros. Je vous informe toutefois que je n'ai jamais eu de maîtresse, mais que si j'en avais une, je ne pense pas que je l'épouserais.

Fotakis se raidit dans son fauteuil.

— Ma petite-fille est mère célibataire et a besoin d'un mari. C'est le prix que je demande pour Trilis. Si vous acceptez de l'épouser, il ne sera pas question d'argent entre nous.

Estomaqué, Eros se redressa et se raidit à son tour.

— Vous voulez que *j'épouse* votre petite-fille ? s'exclama-t-il, incapable de dissimuler sa stupeur. Je ne savais même pas que vous en aviez une. Je suis certain d'avoir lu quelque part que vous n'aviez plus aucun parent…

— Je le croyais moi aussi, l'interrompit Fotakis. Jusqu'à tout récemment. Mais les surprises sont le sel de la vie, non ?

Non. Eros *détestait* les surprises depuis le jour où son père avait détruit la magie de Noël en venant, sa petite amie au bras, lui annoncer qu'il divorçait d'avec sa mère parce que, avec elle, il se sentait vieux. Eros n'avait que huit ans, à l'époque, mais il avait été témoin de la souffrance et de l'humiliation de sa mère qui découvrait que l'homme qu'elle aimait ne l'aimait plus. De cette expérience, il avait gardé une haine de la trahison et du divorce, d'autant plus que c'était à ce moment-là qu'avaient commencé les ennuis financiers de son père.

Et surtout, il ne comprenait toujours pas pourquoi Fotakis, réputé pour ses manigances en tout genre, lui faisait une proposition aussi hallucinante.

— Je ne suis pas sûr de partager votre avis, répliqua

tranquillement Eros. En revanche, je suis certain que vous pourriez proposer votre petite-fille à une bonne douzaine d'individus fortunés qui se battraient pour obtenir sa main… Alors, pourquoi moi ?

— Vous n'êtes pas idiot, fit Fotakis en secouant la tête d'un air sombre.

— J'espère bien ! acquiesça-t-il avec calme.

Mais son esprit continuait de carburer à toute allure. *Pourquoi* Fotakis désirait-il lui faire épouser sa petite-fille ?

— Elle est mère célibataire, dites-vous ? ajouta Eros pour gagner du temps.

— Oui. D'un beau petit garçon dont je suis l'arrière-grand-père, répliqua Fotakis en bombant le torse. Et qui a besoin d'une figure paternelle – or qui sait combien d'années il me reste à vivre ?

— Vous m'avez l'air en pleine forme, murmura Eros, pince-sans-rire. Mais vous ne m'avez toujours pas dit pourquoi vous m'aviez choisi pour ce rôle.

— Et vous, vous ne m'avez toujours pas dit quels sacrifices vous étiez prêt à faire pour récupérer Trilis. Mais je peux vous assurer que si vous refusez d'épouser ma petite-fille, je veillerai à ce que vous ne rentriez *jamais* en possession de cette île.

— Dans ce cas, je crains qu'il n'y ait plus rien à ajouter, répliqua Eros en se levant. Je ne souhaite pas me remarier, et j'aurais beaucoup aimé récupérer Trilis, mais pas au point de renoncer à ma liberté pour elle.

— Même si mon arrière-petit-fils est également… *votre fils* ? lui lança Fotakis avec un rire sardonique.

Abasourdi, Eros s'arrêta net et se retourna lentement vers lui.

— Impossible ! Je n'ai pas d'enfant !

— Et si je vous dis « Winnie Mardas ». Ce nom ne vous rappelle rien ?

— Winnie ? murmura Eros, sidéré. Winnie est votre petite-fille ?

— Surprise, surprise…, répliqua Stam Fotakis avec un sourire fielleux.

— Et vous dites qu'elle… a eu un enfant *de moi* ? Un fils ?

— En effet, confirma le vieux renard. Libre à vous de faire pratiquer un test ADN si vous le désirez, naturellement. Tout ce qui m'importe, c'est que vous épousiez Winnie sans faire aucune allusion à mon intervention. C'est bien clair ?

Clair ? Pas vraiment. Eros était en état de choc. Il se sentait… méprisé, humilié. La dernière fois qu'il avait vu Winnie, deux ans plus tôt, elle n'avait pas fait la moindre allusion à une possible grossesse. Elle avait disparu du jour au lendemain et n'avait jamais repris contact avec lui.

Il serra les poings, fulminant de rage et de frustration. Tout homme avait le droit de savoir qu'il était père, bon sang ! De nos jours, le rôle du géniteur était reconnu, à sa juste valeur.

— Eros… Vous avez entendu ce que j'ai dit ?

— Elle est ici ? En Grèce ? demanda-t-il sèchement.

— Non, hélas. Elle vit encore à Londres avec ses sœurs. Je peux vous donner son adresse, si vous voulez.

— Oui, s'il vous plaît, répliqua Eros avec impatience.

— Vous ne lui direz pas que c'est moi qui vous l'ai communiquée, insista Fotakis en lui tendant une feuille de papier où étaient déjà inscrites les coordonnées de Winnie. Ni que vous m'avez rencontré et que nous avons parlé d'elle et de sa situation.

— Vous voulez à la fois tirer les ficelles et rester dans l'ombre ? rétorqua Eros sans dissimuler son dégoût.

En dépit de ses soixante-dix ans passés, Stam bondit de son fauteuil comme un diable sortant de sa boîte.

— Si vous dites *un* mot sur le rôle que j'ai joué dans cette affaire, je vous détruirai ! proféra-t-il d'un ton menaçant. Et vous savez que j'en ai les moyens !

— Peut-être, mais vous ne me connaissez pas, repartit Eros en le toisant.

Fotakis détenait certes un pouvoir immense dans le monde des affaires, mais de son côté, lui-même était milliardaire et entouré d'amis tout aussi puissants. Par conséquent, il demeurait imperméable à de telles menaces. Fotakis ne réussirait pas à le détruire, Eros n'avait aucune crainte de ce côté-là.

— Vous êtes un homme marié qui a séduit une de ses employées ! riposta le grand-père de Winnie en se redressant de toute sa petite taille. Vous l'avez choisie parce qu'elle était sans le sou et donc vulnérable. Aucun risque qu'elle aille se plaindre de vos agissements à quiconque, au risque de perdre son emploi. Mais détrompez-vous, Nevrakis – je sais *exactement* quel genre d'individu vous êtes ! Un sale manipulateur et un époux infidèle !

Eros le foudroya du regard.

— Et pourtant, vous voulez que *j'épouse* Winnie ?

— Je veux que la naissance de mon petit-fils soit légitimée, déclara Fotakis, péremptoire. Je ne m'attends pas à ce que vous viviez avec Winnie, ni même que vous restiez avec elle. En fait, je ne le *souhaite* pas, parce qu'en matière d'époux elle mérite bien mieux que vous, et que mon arrière-petit-fils m'aura pour modèle masculin ! Il n'a pas besoin de vous !

Humilié au plus profond de lui-même et en proie à un épouvantable chaos d'émotions, Eros tourna les talons et sortit de la pièce.

Comment Winnie avait-elle *pu* lui faire une chose pareille ? Et Fotakis ? Comment *osait*-il le traiter ainsi ?

Chacun à leur façon, ils lui refusaient tout droit sur son enfant, son fils, comme si ces droits n'existaient pas. Fotakis n'avait-il pas sous-entendu qu'il était indigne d'être père, et époux ? Qu'il exercerait une mauvaise influence sur son propre enfant ?

Ils le lui paieraient, d'une façon ou d'une autre. *Tous les deux*, se jura Eros, fou de rage.

Dire que Fotakis était allé jusqu'à l'accuser d'avoir abusé d'une employée ! Winnie n'avait jamais été sa maîtresse. Eros n'en avait jamais eu, et certainement pas durant son mariage avec Tasha. Il n'avait pas touché une femme depuis des années, lorsque Winnie était soudain apparue dans sa vie et qu'alors…

Serrant les mâchoires, il repoussa les souvenirs qui se bousculaient dans sa mémoire. Cette liaison avait été une erreur. Une erreur excusable, mais une erreur. Eros le savait très bien. La tentation l'avait égaré, mais il avait bien vite recouvré sa liberté.

Mais dans l'immédiat, un fait bien plus important venait de chambouler à nouveau son existence. Il avait un enfant… Un fils, dont il ne connaissait même pas le prénom ! Se livrant à quelques calculs rapides, il en déduisit que le petit garçon devait avoir moins de deux ans. Un léger soulagement l'envahit. Il n'était pas trop tard. À cet âge-là, un enfant pouvait encore faire connaissance avec son père sans problème. Ça aurait été bien pire si lui n'avait jamais découvert qu'il avait un fils. Ou s'il l'avait appris alors que celui-ci était beaucoup plus âgé et empli de rancune envers un père absent.

Oui, ça aurait pu être pire, mais tout de même… Fotakis l'avait menacé, il avait tenté de le contraindre au mariage alors qu'Eros sortait à peine d'une union contractée à la légère. En outre, non seulement son fils avait grandi loin de lui, mais la mère de son enfant était devenue une étrangère dont la conduite était inexcusable.

Et cet effroyable gâchis provenait d'une erreur. Commise par lui-même, reconnut Eros, de plus en plus sombre. Il avait accepté naïvement d'épouser une jeune femme qu'il n'aimait ni ne désirait, dans le seul but d'apaiser les craintes d'un mourant inquiet pour l'avenir de sa fille. Mais cette union n'avait jamais été un vrai mariage. Lui et Tasha n'avaient jamais partagé le même lit ni vécu sous le même toit. Durant les années qu'avait duré leur *association*, ils avaient vécu chacun de son côté. Eros avait accepté toutes les contraintes de cet arrangement sans en retirer aucun bénéfice. Puis Winnie avait fait irruption dans sa vie et toute logique, tout sens de l'honneur et toute retenue s'étaient évaporés en un instant.

— Bon, commença Vivi en regardant tour à tour ses sœurs, assises de chaque côté de la table de la cuisine. Notre grand-père est complètement fou, et nous, qu'est-ce qu'on fait ?

— Ce qu'on veut ! répliqua Winnie en repoussant ses longs cheveux en arrière.

D'un geste rapide, elle les rassembla en queue-de-cheval.

— Personne ne peut nous *forcer* à faire quoi que ce soit, ajouta-t-elle après avoir fixé la pince.

— D'accord, mais pour ce qui est des finances, grand-père est notre seule option, intervint Zoe avec son pragmatisme habituel. Personne d'autre ne nous aidera à sauver la maison de John et Liz. Je vous rappelle que nous avons essayé d'emprunter et que ça n'a pas marché !

Un silence consterné accueillit ce douloureux rappel.

Winnie fut la première à se ressaisir et, voyant que son fils s'endormait dans sa chaise haute, elle le souleva dans ses bras et l'installa sur ses genoux. Teddy referma aussitôt les yeux et se blottit contre elle.

Les belles paroles, c'était bien, mais Zoe avait raison : elles n'avaient pas le choix. Stam leur avait promis son aide financière, mais pas gratuitement. Or ses petites-filles répugnaient à lui accorder ce qu'il leur demandait en échange.

D'un autre côté, elles avaient cruellement besoin de son argent. Pas pour elles-mêmes, mais pour John et Liz Brooke, le couple qui les avait sauvées toutes les trois, les réunissant et leur offrant une vraie vie de famille.

Hélas, John et Liz rencontraient de graves difficultés financières. Lorsque Winnie avait appris qu'ils allaient être dépossédés de leur maison, et par conséquent ne plus pouvoir accueillir les enfants confiés par les services sociaux, elle avait passé outre les mises en garde de son défunt père et avait écrit à son richissime grand-père pour lui demander son aide.

Stam Fotakis avait banni et déshérité son fils Cy, le père de Winnie et ses sœurs, alors que celui-ci sortait à peine de l'adolescence. Par la suite, Cy avait manifesté son dédain envers son géniteur en renonçant légalement à son patronyme pour adopter le nom de jeune fille de sa mère, Mardas. À cause de ce changement de nom, leur grand-père n'avait eu aucun moyen de retrouver son fils, ni d'apprendre qu'il avait une descendance.

Âgée de huit ans au moment du décès de ses parents dans un accident de la route, Winnie se souvenait bien d'eux. Mais Vivi n'en conservait que quelques souvenirs flous et Zoe, toute petite à l'époque de leur disparition, aucun.

En revanche, toutes les trois savaient que John et Liz Brooke les avaient sauvées en leur offrant non seulement un foyer, mais une affection et un soutien sans faille. Winnie était arrivée chez eux la première, rescapée d'une énième famille d'accueil. Par la suite, John et Liz avaient remué ciel et terre pour réunir les trois sœurs, et y étaient parvenus grâce à leurs inlassables recherches et une persévérance peu commune.

Petit à petit, elles avaient réussi à dépasser leurs traumatismes respectifs et réappris à être heureuses, dans l'atmosphère sécurisante de leur nouvelle maison. Ce que John et Liz avaient fait pour elles n'avait pas de prix, se répéta de nouveau Winnie. *L'amour* n'avait pas de prix. Sans les adopter, ils étaient devenus leur famille, les traitant comme leurs filles et les accompagnant étape après étape jusqu'à leur entrée dans l'âge adulte.

Vivi se tourna vers sa benjamine et fit la grimace.

— C'est vrai, acquiesça-t-elle en hochant la tête. Nous n'avons rien obtenu de la banque. Et John et Liz récupéreront leur maison *uniquement* si nous acceptons d'épouser des types choisis par notre grand-père. Apparemment, il est très important pour lui de marier ses petites-filles à des hommes *appropriés*, comme il dit.

— Il a précisé que ce ne serait pas forcément de vrais mariages…, rappela Winnie. Il nous suffira d'être mariées légalement, en bonne et due forme.

En vérité, elle n'avait pas plus envie de se marier que ses sœurs. Même s'il ne s'agissait que de signer au bas d'un document ou deux et de porter une alliance, après tout…

Lorsqu'elle avait pris contact avec son grand-père, elle avait d'abord dû lui prouver son identité, mais à peine une semaine plus tard, elle, ses deux sœurs et son petit garçon avaient embarqué à bord d'un jet privé qui les avait emmenés en Grèce où ils avaient passé plusieurs jours.

L'étendue de la fortune de leur grand-père les avait ébahies, ainsi que l'opulence de son immense demeure. Tout se déroulait à merveille, elles commençaient à bien aimer Stam, lorsqu'il avait précisé les conditions auxquelles il était disposé à leur donner l'argent nécessaire pour permettre à John et Liz de garder leur maison.

Winnie avait été encore plus choquée que ses sœurs à l'annonce de ces conditions *non négociables* imposées par leur grand-père. Mais de toute évidence, la générosité pure dépassait l'entendement de ce dernier et il ne donnerait rien pour rien. Il avait déclaré être enchanté – et il était sans doute sincère – d'avoir découvert leur existence, et reconnaissant envers John et Liz de les avoir aussi bien traitées… avant d'énoncer ses conditions.

En dépit de son âge avancé, Stam Fotakis était demeuré le même qu'à l'époque où il avait mis son fils à la porte parce que celui-ci refusait de suivre des études de gestion et de commerce, et il n'avait jamais regretté sa décision impitoyable. Et maintenant qu'il se savait grand-père et arrière-grand-père, il désirait voir ses petites-filles mariées à *des hommes aisés* – selon ses propres termes – afin qu'elles puissent réintégrer le milieu social digne des Fotakis.

Winnie pensait néanmoins connaître le vrai mobile

qui poussait Stam Fotakis à agir ainsi. Il avait *honte* du statut actuel de ses petites-filles. Il avait adoré Teddy dès le premier instant où il l'avait aperçu, avant d'être horrifié de découvrir que Winnie n'était pas mariée. Ensuite, il avait été choqué d'apprendre que Vivi s'était trouvée – à tort – mêlée à un effroyable scandale. En fait, Stam était un affreux conservateur. À ses yeux, une femme devait *impérativement* se marier avant d'avoir des enfants, et son nom ne devait *jamais* apparaître dans les tabloïds.

Un frisson la traversa. Elle aussi avait toujours cru se marier avant d'avoir un enfant, mais le destin s'était montré cruel avec elle. Cette lamentable erreur lui avait toutefois servi de leçon. Tomber amoureuse de façon inconsidérée pouvait tourner au désastre. Ses beaux idéaux en avaient pris un coup. Sa seule consolation avait été de n'avoir jamais soupçonné un seul instant qu'Eros puisse être marié. Il faut dire qu'il le lui avait bien caché !

Jusqu'au jour où elle avait vu débarquer son épouse, Tasha. Au simple souvenir de ce jour funeste, Winnie avait encore des sueurs froides. Après cette rencontre salutaire, elle avait mûri très vite, et trouvé la force de quitter l'homme qu'elle aimait.

— Il faut que je me prépare pour aller travailler, soupira-t-elle en se levant.

Zoe l'imita.

— Donne-moi Teddy. Je vais le coucher avant de m'occuper du dîner, comme ça, tu pourras partir sans qu'il s'en aperçoive.

Sa benjamine n'était pas plus haute qu'elle, mais avait hérité des cheveux blonds de leur père. Stam avait dit à Winnie qu'elle ressemblait énormément à sa grand-mère, prénommée Azra, et qui, à l'en croire, était une princesse arabe.

Cy n'avait jamais fait allusion aux origines de sa mère, mais il parlait volontiers d'elle, avec affection et tendresse.

Souriant à Zoe, Winnie songea une fois de plus qu'elle avait beaucoup de chance d'avoir des sœurs aussi affectueuses et attentionnées, toujours prêtes à s'occuper de Teddy quand elle avait besoin de leur aide. Sans elles, comment s'en serait-elle sortie ? Même si, en tant que cheffe débutante, elle travaillait le soir et le week-end, ce qui lui permettait de faire garder son fils plus facilement dans la journée.

Par ailleurs, grâce à Stam qui leur avait offert de s'installer dans l'une de ses résidences, elle et ses sœurs avaient pu quitter l'appartement humide où elles et Teddy vivaient. En l'espace de deux semaines, leur existence avait complètement changé. La maison comprenait quatre chambres spacieuses, un salon et une salle à manger, une cuisine immense et bien équipée, une grande terrasse… Sans parler de l'atmosphère paisible et agréable du quartier !

Plus de loyer à payer, désormais ! Ce qui signifiait qu'elles n'avaient plus à économiser drastiquement sur leurs maigres salaires.

Cependant, le fait de dépendre – ne serait-ce que temporairement – de la générosité de Stam tracassait Winnie. Parce que celui-ci pourrait très bien les abandonner à leur sort aussi vite qu'il s'y était intéressé. De son expérience avec Eros Nevrakis, elle avait en effet retenu que les gens riches pouvaient se montrer inconstants et indignes de confiance. Aussi fallait-il toujours rester sur ses gardes quand on avait affaire à eux. Elle l'avait appris à ses dépens.

Winnie pinça les lèvres et chassa les souvenirs douloureux qui lui revenaient à la mémoire. Elle avait été si naïve, si confiante, refusant de voir la triste réalité, que son grand-père avait devinée en un clin d'œil… Elle ne s'était pas investie dans une histoire d'amour romantique et passionnée, mais était devenue la maîtresse d'un homme marié. Il ne s'agissait nullement d'amour, encore moins de confiance. De la part d'Eros, en tout cas.

Si elle n'avait pas abandonné son stage pour devenir la cheffe privée d'Eros Nevrakis, elle aurait gravi bien des échelons depuis et ne travaillerait pas à la pâtisserie, se répéta Winnie en montant dans le métro, un peu plus tard.

Mais d'un autre côté, sans Eros, elle n'aurait pas eu Teddy. Or elle ne regretterait jamais d'avoir mis son précieux petit garçon au monde.

L'agent de sécurité dut frapper vigoureusement à deux reprises avant que la porte s'ouvre sur une jeune femme à la chevelure flamboyante, qui portait à califourchon sur sa hanche…

— Tout va bien, mademoiselle Mardas ?

Eros entendit à peine la question de l'homme au physique de boxeur. Le cœur lui martelant la poitrine, il contemplait le petit visage souriant, les épais cheveux noirs et bouclés, les yeux verts… Son fils. Ce ne pouvait être que son fils. Il lui ressemblait tant ! La rage qui bouillait en lui depuis son entrevue avec Fotakis retomba – pour l'instant, du moins.

— Écartez-vous, dit-il aux trois gardes du corps faisant bloc derrière leur collègue.

— Qui êtes-vous ? demanda la jeune femme, l'air effaré.

— Nous assurons votre protection, mademoiselle Mardas. Nous travaillons pour votre grand-père.

— Pas moi. Je suis Eros Nevrakis et je veux voir Winnie.

La jeune femme se figea et le gratifia d'un regard méprisant.

— Ma sœur n'est pas là, elle travaille.

— Dans ce cas, je vais l'attendre à l'intérieur.

— Elle ne rentrera pas avant minuit, alors inutile de l'attendre, répliqua la jolie rousse en pinçant les lèvres.

Nullement impressionné par son attitude hostile, Eros se redressa de toute sa hauteur.

— Dites à votre sœur que je reviendrai demain matin, à 10 heures. Et que je lui conseille d'être là.

2.

— Il est hors de question que je le voie après tout ce temps ! déclara Winnie à ses sœurs. Je n'en reviens pas… Qu'est-ce qu'il peut bien me vouloir ?

— Tu crois qu'il est au courant pour Teddy ? demanda Zoe d'une voix inquiète.

— Je ne vois pas comment il l'aurait appris.

— Grand-père le connaît, répliqua Vivi, songeuse. J'ai vu son expression quand tu as reconnu que le père de Teddy était grec et que tu as fini par lui préciser son nom. Il était vraiment furieux – tu ne l'as pas remarqué ?

— Non, je préférais ne pas le regarder quand il m'a forcée à lui donner tous ces détails, soupira Winnie.

— De toute façon, Nevrakis ne peut pas te forcer à le voir. Emmène Teddy au parc comme d'habitude, lui conseilla Vivi.

— Tu crois que c'est une bonne idée, vu qu'il est le père de Teddy ? glissa Zoe, toujours conciliante.

— Nevrakis n'est *pas* le père de Teddy, décréta Vivi avec véhémence. Il n'a jamais été là quand Teddy ou Winnie avaient besoin de lui !

— C'est juste que je pense… Bon, vous savez aussi bien que moi que… les pères ont des droits, répliqua Zoe. Alors peut-être que s'il est au courant pour Teddy et que c'est pour ça qu'il est ici, et que toi, tu refuses de le voir, il pourrait décider de s'adresser au juge pour obtenir la permission de voir son fils.

— Mon Dieu, j'espère bien que non ! s'exclama Winnie, horrifiée.

Plus elle songeait à cette éventualité, plus elle tremblait intérieurement. Mais était-il possible qu'Eros s'intéresse à ce point à un enfant ? Et comment aurait-il pu savoir qu'il avait un fils ? s'interrogea-t-elle de nouveau. Par Stam ? Celui-ci avait dit à Winnie qu'elle aurait dû informer Eros de sa grossesse plutôt que de disparaître sans explication. Mais lorsqu'elle avait découvert qu'il était marié, elle avait été anéantie et n'avait pas estimé lui devoir quoi que ce soit. Elle s'était littéralement enfuie, ne voulant plus rien avoir à faire avec lui ni le revoir.

Mais lui, il l'avait retrouvée et désirait reprendre contact. Et elle n'était plus seule à être concernée. L'existence de Teddy changeait considérablement la donne.

Sa petite main blottie dans la sienne, Teddy gazouilla durant tout le trajet, Winnie comprenant en moyenne un mot sur dix. D'autre part, elle devait avancer lentement, parce qu'il aimait marcher avec elle, mais quand elle perdait patience et l'installait dans la poussette, il se mettait aussitôt à hurler.

Dès qu'il aperçut l'aire de jeux, il lâcha sa main et partit en trottinant sur l'allée, suivi de près par Winnie. Parce que, à cet âge, Teddy n'avait peur de rien et était complètement inconscient des dangers qui le guettaient.

Aussitôt arrivé à côté du toboggan, il grimpa les marches avec l'agilité d'un singe. Puis il se laissa glisser en poussant des cris de joie tandis que Winnie allait s'asseoir sur l'un des bancs en ciment entourant l'aire de jeux.

Son portable vibrant dans sa poche, elle le sortit et vit que l'appel provenait de Vivi.

— Nevrakis se dirige vers le parc. J'ai essayé de le dissuader d'insister, mais il a déclaré que si je ne lui disais pas où tu étais, il attendrait ton retour.

Une vague de panique envahit Winnie à la pensée de

se retrouver face à face avec Eros dans un lieu public. Mais il n'était pas du genre à lui faire une scène, se rassura-t-elle. Et puis, elle ne pouvait pas éternellement l'éviter. Par conséquent, mieux valait être réaliste et se préparer à l'affronter.

Histoire de se donner du courage, elle resserra sa veste en laine sur son buste, tout en regrettant de ne pas s'être maquillée du tout avant de sortir. Comme si cela pouvait changer quelque chose ! songea-t-elle aussitôt, tendue à craquer. Eros devait savoir, pour Teddy. C'est lui qu'il était venu voir. Pourquoi aurait-il cherché à la retrouver, sinon ? Au bout de deux ans ?

Winnie redressa les épaules et s'interdit de repenser à leur première rencontre. Ces souvenirs ne feraient que l'affaiblir et détruire l'apparente sérénité qu'elle avait appris à afficher pour donner le change à ses sœurs.

Au même instant, elle aperçut deux hommes en costume sombre postés près du bosquet de chênes. Probablement deux des gardes du corps que Vivi avait vus la veille. Leur grand-père exagérait… Winnie l'appellerait pour lui dire que ces mesures étaient totalement inutiles. Pourquoi elle et ses sœurs auraient-elles eu besoin de protection alors que personne ne connaissait leur lien de parenté avec Stam Fotakis ?

Feignant d'ignorer les deux types, elle vit alors un homme de haute taille s'avancer à grands pas sur l'allée et sentit son cœur bondir dans sa poitrine. Soudain, elle eut du mal à respirer, une chaleur irrépressible envahit tout son corps, en même temps qu'elle se rappelait la stupidité impardonnable dont elle avait fait preuve deux ans plus tôt – en tombant amoureuse de son patron et en *couchant* avec lui !

Eros s'arrêta à quelques mètres du bac à sable, follement élégant et sexy dans un manteau noir ouvert sur un costume gris anthracite faisant ressortir le rouge vermillon de l'écharpe passée autour de son cou.

Immobile, il scruta l'aire de jeux avec l'assurance qui

le caractérisait. Winnie serra ses mains l'une dans l'autre, les ongles s'enfonçant dans sa chair, puis se força à se lever pour attirer son attention. Parce qu'elle n'avait pas l'intention de se cacher ni de se laisser impressionner par cet homme, aussi puissant et séduisant soit-il.

Elle n'avait pas peur de lui !

Le regard émeraude croisa le sien. Elle se raidit et tourna la tête pour vérifier que Teddy ne faisait pas de bêtises. Debout en haut du toboggan, l'air triomphant, il lui cria une phrase incompréhensible.

Ignorant de son mieux Eros, Winnie se rapprocha du toboggan et entendit un bruit de pas derrière elle.

Teddy glissa à toute vitesse jusqu'en bas, se redressa sur ses petites jambes et repartit aussitôt en sens inverse pour renouveler la performance.

— Pourquoi ne m'as-tu rien dit ? demanda Eros à côté d'elle, d'une voix douce et menaçante à la fois.

Déconcertée, elle tourna la tête vers lui et, le souffle court, contempla le beau profil ciselé. Eros n'avait d'yeux que pour son fils.

Elle s'interdit de savourer les effluves épicés de l'eau de toilette qu'il faisait fabriquer spécialement pour lui, refoula les souvenirs proscrits et recula de quelques pas pour se protéger de cette proximité beaucoup trop troublante.

— Et toi, pourquoi ne m'avais-tu pas dit que tu étais marié ? riposta-t-elle avec calme.

Eros serra les mâchoires et se tourna lentement vers elle.

Fasciné malgré lui, tout comme la première fois qu'il l'avait aperçue, il contempla celle qui l'avait quitté deux ans plus tôt sans la moindre explication.

Winnie, avec ses magnifiques cheveux bruns, ses courbes ravissantes et cette taille si fine… La veste en laine épaisse dissimulait ses formes plus qu'elle ne les révélait, mais peu importait. Il retrouvait la femme délicieuse qui avait enchanté ses nuits, lui faisant perdre la tête et oublier tout sens de l'honneur et des convenances.

C'étaient les mêmes grands yeux noisette, la même bouche sensuelle rose framboise, le même visage à l'ovale parfait et au teint de porcelaine.

Mais il avait beau être troublé au plus profond de lui-même, Eros n'était plus disposé à perdre la tête. La colère remonta en lui, chassant toute autre émotion et les souvenirs qui défilaient dans son esprit.

Il reporta son attention sur son fils. Car le petit garçon aux cheveux noirs et bouclés – et aux yeux verts, exactement de la même nuance que les siens, et semblables à ceux de sa défunte mère – était assurément *son* fils. Le petit bonhomme avait d'ailleurs hérité de sa constitution robuste alors que Winnie était fine et délicate en dépit de ses adorables rondeurs.

Teddy était un Nevrakis, il n'y avait aucun doute. Après son entrevue avec Fotakis, deux jours plus tôt, Eros avait fait son enquête et appris en effet que son fils s'appelait Teddy. Quel drôle de prénom ! Celui d'un ours en peluche… Mais sa plus grande surprise avait été l'émotion qu'il avait ressentie en voyant Teddy. Il avait eu l'impression…

C'était comme si ce petit bonhomme était venu sur terre uniquement pour qu'il le protège, réalisa Eros avec émerveillement. Il regarda Teddy grimper à toute vitesse avant de se laisser glisser en poussant des cris de triomphe, comme si le monde lui appartenait et qu'il était invincible – attitude pour le moins dangereuse à cet âge, songea-t-il avec un frisson.

Mû par un élan irréfrénable, il s'avança vers le petit garçon et l'aida précautionneusement à se relever. Teddy leva un regard interdit vers lui, avant de lui sourire jusqu'aux oreilles tandis qu'Eros le lâchait, le cœur lui cognant les côtes.

— Balançoire, maman ! cria Teddy à Winnie.

Sans attendre la réponse de sa mère, il se dirigea vers la balançoire en question.

— Il est aussi tyrannique que toi, fit remarquer Winnie d'un ton ironique.

Eros ne réagit pas. Il avait beaucoup de choses à lui dire, mais pas là, dans un jardin public où n'importe qui aurait pu les entendre.

Rejoignant son fils, elle l'installa sur la balançoire adaptée aux tout jeunes enfants et le poussa avant de reculer.

— Quel âge a-t-il ? demanda Eros d'une voix rauque.

— Dix-huit mois. Il est grand pour son âge.

— Et durant tout ce temps, tu n'as jamais jugé bon de prendre contact avec moi ? répliqua-t-il, les poings serrés.

— Tu étais marié.

— Ce n'est pas une excuse !

— Je ne m'excuse pas. Je ne regrette pas de ne pas t'avoir mis au courant, rétorqua Winnie d'un ton sec.

— Mais tu vas le regretter, murmura-t-il. Je te le promets.

Elle redressa le menton, carra ses fines épaules. Comme s'il ne pouvait rien contre elle. Comme si Teddy était uniquement à elle.

Comment osait-elle le défier ainsi ? L'exclure de la vie de son enfant ?

Il s'était décidément trompé en la prenant pour une jeune femme douce et docile. Il lui avait fait confiance, pour autant qu'il soit capable d'accorder sa confiance à une femme. Il avait cru la connaître par cœur, ne comprenant son erreur qu'après. Après qu'elle eut disparu de sa vie sans prévenir.

Quand elle se décida à le regarder de nouveau, Winnie ne put s'empêcher d'admirer la haute silhouette d'athlète, ce corps qu'elle connaissait si bien. Le cœur battant la chamade, elle se força à détourner les yeux une fois encore. Mais ses sens frémissaient, réclamaient, comme s'ils se réveillaient d'un long sommeil.

La beauté virile d'Eros, ses sublimes yeux verts, la fascinaient, alors qu'elle aurait dû demeurer insensible à celui qui l'avait tant fait souffrir en lui dissimulant la vérité.

— Mon seul regret est de t'avoir rencontré, dit-elle avec calme.

— Il est un peu tard pour ce genre de regret, répliqua Eros d'une voix suave. Je vais t'emmener chez moi, nous y serons mieux pour discuter de l'avenir.

— Non, déclara-t-elle d'une voix ferme. Je rentre à la maison. Teddy doit faire la sieste.

— Nous ne pouvons pas parler devant tes sœurs.

Winnie lui décocha un regard dédaigneux.

— À cette heure-ci, elles sont parties travailler.

Il n'avait pas le droit de la forcer à *parler de l'avenir* quand et où il le désirait. En outre, elle répugnait à le laisser entrer chez elle. Elle haïssait Eros Nevrakis comme jamais elle n'avait haï personne. Et pour toutes sortes de raisons. Mais elle devait savoir ce qu'il voulait, et ne pas oublier qu'il était le père de Teddy. Aussi fallait-il user de tact pour l'instant.

Winnie souleva son fils sans se soucier de ses pleurnicheries. Mais quand il leva vers elle ses yeux brillants de larmes, elle sentit son cœur se serrer et le reposa sur ses pieds.

— Je vous emmène dans ma limousine, l'informa Eros.

— Non, nous préférons marcher, Teddy et moi. On se retrouvera là-bas, répliqua-t-elle d'un ton sans appel.

Sur ces paroles, elle se détourna et s'avança sur l'allée en tenant Teddy par la main. Elle avait besoin d'un peu de temps pour reprendre ses esprits et retrouver son calme.

Son fils eut beau continuer de pleurnicher tout le long du chemin, Winnie resta sourde à ses protestations, assaillie par les souvenirs enfouis au plus profond de sa mémoire, comme si le barrage érigé à grand-peine avait cédé, laissant libre cours aux flots indomptables.

Après ses études dans une école de cuisine et plusieurs stages lui ayant permis de se forger diverses expériences, elle avait été embauchée comme second dans un restaurant familial grec. Lorsqu'un jour le chef avait attrapé un virus qui l'obligeait à garder le lit, elle avait dû superviser les préparatifs d'un dîner destiné à des hommes d'affaires grecs invités par Eros Nevrakis. À la fin du repas, celui-ci avait demandé à la voir et Winnie se souvenait encore de la panique qui l'avait saisie alors. Elle avait ôté sa toque, s'était recoiffée, tremblant de la tête aux pieds à la perspective de devoir se présenter à un client, épreuve qu'elle n'avait encore jamais eue à affronter.

Très affable, Eros l'avait félicitée pour la qualité du dîner et sa capacité à remplacer le chef au pied levé. Les joues en feu, elle s'était efforcée de ne pas dévorer des yeux l'homme le plus somptueux qu'elle eût jamais rencontré. De son côté, il la contemplait tranquillement de son regard émeraude.

Ensuite, il lui avait tendu sa carte professionnelle en disant qu'il cherchait un chef pour sa résidence londonienne, et lui avait demandé de l'appeler quand elle aurait un moment pour un entretien d'embauche.

Winnie aimait son travail au restaurant, mais elle avait appelé Eros, par simple curiosité, s'était-elle dit, tout en sachant qu'elle se mentait. Et lorsqu'il lui avait proposé un salaire bien supérieur à celui qu'elle touchait au restaurant, et un logement en plein cœur de Londres, elle avait accepté. D'autant que ses deux sœurs étaient encore étudiantes et toujours fauchées.

— Pourquoi avoir choisi ce métier ? avait demandé Eros en venant la rejoindre à la cuisine, le premier soir.

Troublée par le regard pénétrant dardé sur elle, Winnie

avait eu un mal fou à se concentrer sur la préparation du dîner.

— Mes parents étaient grecs, mais la famille de ma mère vivait déjà ici depuis des années lorsqu'elle a rencontré mon père…

— Et pourtant, vous ne parlez pas notre langue, avait-il fait remarquer, l'air surpris.

— J'avais huit ans à la mort de mon père et de ma mère, si bien que j'ai oublié quasiment tout le grec qu'ils m'avaient appris. J'ai toujours eu l'intention de prendre des cours mais je n'ai pas le temps. Je m'y remettrai un jour.

— Alors, que me mijotez-vous, ce soir ? avait demandé Eros avec un lent sourire.

Et d'une voix veloutée qui l'avait fait frémir au plus intime de sa féminité.

— J'ai posé un petit menu à côté de votre assiette.

— Quelle charmante attention…

— Il suffit de me dire ce que vous voulez et je vous le préparerai, avait-elle répliqué à la hâte.

Il avait haussé un sourcil noir, les yeux rieurs.

— Je peux vous demander *tout* ce que je veux ?

— Presque, avait murmuré Winnie.

Au comble de l'embarras, elle avait dû s'interrompre pour se ressaisir.

— Et si je ne sais pas comment faire, je me renseignerai.

— Vous êtes satisfaite de votre logement ? avait enchaîné Eros d'un ton neutre.

— Oui, je m'y sens très bien, merci. Votre gouvernante a été très serviable.

En réalité, elle s'était sentie perdue la première fois qu'elle avait pénétré dans la vaste demeure d'Eros. Excepté la gouvernante, aucun membre du personnel ne vivait sur place. En outre, les employés étaient peu nombreux car Eros s'absentait souvent. Et Karena, la gouvernante, ne connaissait que quelques rudiments d'anglais. D'autre part, elle était beaucoup plus âgée que Winnie et partirait bientôt à la retraite, lui avait-elle expliqué.

Quant à son logement, il s'agissait d'une superbe suite meublée et décorée avec goût, et offrant un confort inouï.

Ce soir-là, l'arrivée de Karena dans la cuisine avait mis un terme au tête-à-tête avec Eros. C'était en effet la gouvernante qui servait les repas. Mais quelques jours plus tard, celle-ci s'était fait une entorse au poignet, ce qui l'avait obligée à se retirer plus tôt que d'habitude – autrement dit, avant le retour d'Eros. Si bien que Winnie avait dû le servir à table.

Lorsque, au bout de quelques jours, il l'avait invitée à se joindre à lui, elle avait refusé, interdite et confuse, avant de regagner la cuisine le visage en feu et le cœur battant à tout rompre. Mais quand Eros avait renouvelé sa proposition le lendemain, elle s'était dit qu'il aurait été impoli de refuser encore une fois et s'était assise en face de lui, acceptant le verre de vin qu'il lui tendait.

Ensuite, elle lui avait demandé comment s'était passée sa journée, avant de l'interroger sur ses voyages à l'étranger. Eros avait volontiers répondu à ses questions tandis qu'elle sirotait son vin, de plus en plus affectée par l'intensité du regard vert posé sur elle. Le simple fait d'être assise là, en face de lui, faisait naître en elle une chaleur incontrôlable. Et quand il s'était mis à lui poser quelques questions à son tour, Winnie n'avait pu s'empêcher de se sentir flattée qu'il s'intéresse ainsi à elle. Parce qu'il devait connaître quantité de femmes bien plus glamour qu'elle, et prêtes à tout pour attirer son attention.

À l'époque, elle ressentait un mélange confus d'émotions vis-à-vis des hommes. Un sentiment d'insécurité doublé d'une grande naïveté. D'autre part, désireuse de gravir rapidement les échelons, elle n'avait pas eu le loisir de sortir souvent et les quelques hommes rencontrés avaient toujours attendu davantage d'elle que ce qu'elle était prête à leur offrir. Aussi Winnie était-elle encore vierge à vingt-six ans.

Par conséquent, la compagnie d'Eros et l'intérêt sincère qu'il semblait manifester envers elle lui avaient fait tourner la tête. Le premier baiser… Non, elle ne voulait pas se rappeler ce que, avec le recul, elle considérait comme sa première erreur. Refoulant ce souvenir, Winnie longea le luxueux véhicule garé au bord du trottoir – sans aucun doute la limousine d'Eros –, et ouvrit la porte de la maison lorsqu'elle l'entendit derrière elle.

— Pas mal, comme quartier, dit-il, la faisant sursauter.

Elle entra sans se retourner et ôta sa veste.

— Oui, grâce à grand-père – la maison lui appartient.

Après avoir accroché sa veste dans l'entrée, elle invita Eros à s'installer au salon.

— Tu n'as qu'à m'attendre ici pendant que je fais déjeuner Teddy avant de…

— Pourquoi as-tu choisi ce prénom ?

— Officiellement, il s'appelle Theodore, le deuxième prénom de mon père, répondit-elle d'un ton neutre. Mais c'était trop long pour un bébé et Theodore s'est transformé en Teddy.

Au lieu d'aller au salon, il la suivit dans la cuisine et la regarda installer Teddy dans sa chaise haute, puis faire réchauffer son repas.

Ravi d'avoir un spectateur, Teddy s'empara de sa cuiller et la plongea dans sa purée, en faisant plus de dégâts et de bruit que d'habitude, naturellement…

— Je suppose que tes sœurs s'occupent de lui quand tu travailles ?

Un frisson d'inquiétude traversa Winnie.

— Oui… Elles l'aiment beaucoup et ça se passe très bien.

— Avec son père, tout se serait encore mieux passé.

Déterminée à garder son calme, elle se força à contrôler sa respiration et se concentra sur Teddy. Elle lui essuya le visage et les mains, puis nettoya la tablette avant de détacher la sangle et de le soulever dans ses bras.

— Laisse-moi faire…

Médusée, elle vit Eros s'avancer vers elle et lui prendre Teddy des bras.

— On va où, maintenant ?

— En haut, répondit-elle d'une voix à peine audible.

Une drôle de sensation l'envahit tandis qu'elle gravissait les marches conduisant à l'étage, suivie par Eros portant dans ses bras Teddy qui babillait gaiement.

Elle ouvrit la porte de la chambre de son fils.

— C'est une chambre de petite fille, dit Eros.

Lentement, il se pencha et étendit Teddy dans son lit, puis contempla la frise murale courant tout autour de la pièce et représentant des princesses et des fées vêtues de rose.

— Nous n'avons pas encore eu le temps de refaire la décoration, mentit Winnie.

En réalité, ses sœurs et elle avaient décidé de ne pas s'en occuper ni de faire de frais inutiles, puisqu'elles ne savaient pas combien de temps leur grand-père les hébergerait dans cette maison.

Se penchant à son tour au-dessus du lit, elle ôta ses chaussures à Teddy, son pull, puis le rallongea avant de tirer sur le cordon du mobile musical qui accompagnait son fils depuis sa naissance.

Une fois les rideaux fermés, elle se retourna et regarda Eros, immobile à côté du lit.

— Pourquoi le lit est-il au milieu de la pièce ?

— Parce que si on le place à côté d'un meuble, Teddy s'en sert pour grimper et que je ne veux pas l'embêter en essayant de le persuader de rester tranquille. Il est trop petit pour comprendre.

— S'il avait une nounou, cela te déchargerait et tu aurais du temps libre, répliqua tranquillement Eros. Ce doit être difficile de travailler et de t'occuper de lui en même temps.

— Non. Avec mes sœurs pour m'aider, ça va, dit Winnie en sortant de la pièce avant de se diriger vers l'escalier.

Pas question de le laisser insinuer qu'elle n'était pas une bonne mère !

— Tu veux boire un café ? demanda-t-elle en entrant dans le salon.

Eros haussa une épaule et se débarrassa de son manteau qu'il laissa choir nonchalamment sur le sofa, puis déboutonna sa veste et s'assit sans y avoir été invité.

La bouche sèche, Winnie contempla la chemise blanche étirée sur le torse musclé… Se sentant rougir, elle fit volte-face pour retourner à la cuisine.

— Non, merci, répondit-il alors d'un ton ironique. Nous ne sommes ni des amis ni de simples connaissances. Alors, ne perdons pas de temps en politesses et venons-en au fait.

— Qu'attends-tu de moi ? riposta-t-elle en se retournant vers lui d'un mouvement vif.

— Des réponses, fit Eros d'une voix suave.

Une lueur dure brilla au fond des yeux verts.

— Et si tu ne me les donnes pas aujourd'hui, je reviendrai. Jusqu'à ce que je les aie obtenues.

3.

— Tu veux des réponses ? rétorqua Winnie d'un ton brusque. Très bien. Mais moi aussi, j'ai quelque chose à te demander : pourquoi ne m'avais-tu pas dit que tu étais marié ?

— Parce que tu ne m'as jamais posé la question.

Ça alors ! Elle l'aurait giflé !

Mais elle ne devait surtout pas s'énerver et perdre le contrôle de la situation. Les enjeux étaient trop importants.

— Pourquoi te l'aurais-je posée puisque de toute évidence tu vivais seul et qu'il ne semblait pas y avoir de femme dans ta vie ? riposta-t-elle. Il ne m'avait jamais traversé l'esprit que tu puisses être engagé ailleurs !

— Je n'ai pas l'intention de te parler de mon mariage, déclara Eros avec arrogance. J'aurais été disposé à le faire il y a deux ans, mais maintenant, je ne te dois plus aucune explication.

Winnie serra les poings, de toutes ses forces.

— Ah, vraiment ? fit-elle, le menton haut.

— Tu as vu Tasha, reconnut-il.

Comme s'il s'agissait d'un *détail* sans importance !

— J'ai fini par l'apprendre, enchaîna-t-il. Et j'en ai conclu que c'était sans doute à cause de cela que tu avais décidé de disparaître soudainement sans *me* donner aucune explication.

— C'est ta façon de te justifier ? *Rien* ne justifie ton comportement ! Et je ne te devais *rien,* tu m'entends ?

Eros la regarda en silence. Elle ne savait toujours pas se mettre en valeur, songea-t-il en contemplant l'espèce de tunique en jersey vert qu'elle portait sur un legging. Mais même dans cette tenue banale, il distinguait maintenant les changements survenus depuis leur liaison. Son corps était encore plus sensuel, plus épanoui qu'autrefois. Il sentit sa virilité réagir tandis que des souvenirs brûlants défilaient dans son esprit, menaçant de le submerger. Mais il se ressaisit, bien déterminé à ne pas laisser sa libido altérer son jugement.

Deux ans plus tôt, Eros s'était laissé emporter par la passion avant de comprendre plus tard à quel point c'était dangereux. Aussi s'était-il interdit de chercher à revoir Winnie. Il pouvait vivre sans elle et même se passer de sexe. Il avait l'habitude. Et il ne succomberait plus à la tentation.

À présent, il était *libre*, se répéta-t-il, mais il devait demeurer vigilant et ne pas céder à la faiblesse qui avait détruit la vie de son père. À cause de Winnie, Eros avait perdu tout contrôle sur son existence et ce constat l'avait profondément dérangé.

— Tu me devais au moins de m'informer que tu portais mon enfant ! répliqua-t-il d'une voix dure.

— Non, ce n'est pas vrai ! Ta trahison me déchargeait de toute obligation envers toi !

Eros la dévisagea en plissant les yeux.

— Je ne t'ai pas trahie. Parce que pour ce faire il aurait fallu que je te dissimule délibérément la vérité… Or je ne t'ai jamais menti ! Pas une seule fois !

— Mais tu savais par ailleurs que je ne me doutais pas du tout que tu étais marié ! protesta-t-elle d'un ton amer.

— Ah bon ? fit-il en inclinant la tête de côté. Certaines femmes ne voient aucun inconvénient à coucher avec des hommes mariés et ne se soucient pas le moins du monde de la situation familiale de leurs amants. Je ne…

— Arrête de jouer sur les mots ! l'interrompit Winnie, à bout de patience. Tu savais très bien que je n'étais pas ce genre de femmes… Que je ne me serais jamais… lancée dans une aventure avec un homme marié !

Il haussa de nouveau l'épaule, le visage semblable à un masque.

— Discuter de cela ne sert plus à rien, lâcha-t-il avec dédain. Cette histoire appartient désormais au passé. Ce qui importe maintenant, c'est que tu aies mis mon enfant au monde et ne m'en aies rien dit. Concentrons-nous là-dessus, plutôt que sur des faits auxquels nous ne pouvons plus rien changer.

À court d'arguments, elle détourna les yeux. Dans un sens, Eros avait raison. À quoi bon se disputer à propos de ce qui s'était passé deux ans plus tôt ? Mais il en profitait pour l'accuser de ne pas l'avoir mis au courant !

— Comment cela se fait-il que tu sois tombée enceinte, d'ailleurs ? demanda-t-il de but en blanc. J'ai *toujours* pris des précautions.

Embarrassée par une question aussi intime, Winnie rougit et se dirigea vers la fenêtre, le dos raide.

— Non, il y a eu des fois où tu as négligé… cette nécessité, dit-elle d'une voix sourde.

Par exemple, les jours où elle se réveillait à l'aube dans ses bras musclés, la puissante érection pressée contre son ventre, et qu'il la prenait avec un mélange de passion et de tendresse dont le souvenir suffisait à faire naître en elle une merveilleuse chaleur. Dans ces moments-là, ils ne songeaient ni l'un ni l'autre à la contraception.

— Je ne me souviens pas d'un seul oubli, rétorqua Eros.

L'accent rauque colorant sa voix grave augmenta encore le trouble de Winnie.

— Eh bien, cela signifie que ta mémoire n'est pas infaillible parce que de mon côté je me souviens d'une bonne douzaine d'occasions où la contraception était bien le dernier de tes soucis ! Dans la douche, la piscine, tôt le matin alors que nous dormions encore à moitié tous les deux…

Elle s'interrompit pour reprendre son souffle.

— En fait, tu étais très négligent et je m'en rendais bien compte, mais je ne disais rien.

— Tu as eu tort ! répliqua sèchement Eros. Tu aurais dû au contraire me le faire remarquer.

Parce que lui avait perdu tout contrôle. Et même carrément perdu la tête, reconnut-il en son for intérieur. Il s'était trop abandonné avec Winnie pour pouvoir garder les idées claires. Il avait pris des risques insensés, bon sang ! Leur histoire avait atteint des proportions qu'il n'était pas prêt à assumer. Résultat : il lui avait fait un enfant. Il était devenu père sans même le savoir !

— Ah bon ? dit-elle, désarçonnée. Si je comprends bien, c'est ma faute si je suis tombée enceinte, en plus ?

— Il est un peu tard pour ce genre de polémique, non ? Ce qui est fait est fait et nous avons un enfant… Un petit garçon qui, hélas, est un étranger pour moi. Il faut remédier à cette situation. Dès maintenant.

Winnie le dévisagea, les traits crispés, le teint blême.

— Parce que *tu* en as décidé ainsi, c'est ça ?

— Mais c'est évident ! s'exclama-t-il, irrité par son refus de regarder la réalité en face. Teddy doit savoir que je suis son père, et moi, j'ai besoin d'apprendre à le connaître ! J'aimerais le voir demain et passer la journée avec lui.

— Non, répondit Winnie sans hésitation.

Hormis elle et ses sœurs, personne ne s'était jamais occupé de Teddy. Et puis, Eros n'avait aucune expérience en matière d'enfants.

— Je serai bien sûr assisté par une nounou qualifiée, poursuivit-il, comme s'il avait lu dans ses pensées. Elle veillera à ce que Teddy ait tout ce dont il a besoin. Quant à moi, je dois apprendre mon nouveau rôle de père.

Il avait dit cela avec une telle candeur…

— Mais avec un peu de temps et d'expérience, enchaîna-t-il, je rattraperai vite mon retard.

Une sensation de vide envahit Winnie, lui coupant la respiration. Ses seins frémirent, leurs pointes se dressèrent sous l'étoffe tandis qu'une délicieuse chaleur se répandait entre ses cuisses.

Comment Eros pouvait-il conserver ce pouvoir sur elle ? Alors qu'elle savait à quoi s'en tenir sur son compte ? Qu'elle avait perdu toutes ses illusions ?

— J'ai du mal à croire que tu puisses t'intéresser vraiment à Teddy ! s'exclama-t-elle après s'être ressaisie.

— Je désire apprendre à le connaître, évidemment. Et je ne tolérerai pas que tu dresses des obstacles entre lui et moi.

— Autrement dit, je dois m'effacer et te laisser faire ?

— Je suis franc, c'est tout. Tu m'as privé de mes droits paternels pendant trop longtemps. Mais c'est terminé, à présent. Je viendrai chercher Teddy demain et il passera la journée avec moi. Et n'ai aucune inquiétude : il sera entre de bonnes mains.

— Je vous accompagnerai, déclara Winnie. Tu n'as pas besoin d'embaucher une nounou.

— Non, répliqua-t-il d'une voix ferme. Je préférerais apprendre à connaître mon fils sans que tu sois là pour t'en mêler.

— Il est trop petit ! protesta-t-elle. Il ne s'est encore jamais éloigné de moi ou de mes sœurs !

— Dans ce cas, il est temps que tu le laisses faire ses premiers pas vers l'indépendance. Et ne t'inquiète pas, je m'occuperai très bien de lui. Teddy est mon fils, ma famille. Je n'ai plus que lui, ajouta-t-il, les yeux brillants.

— Tu ne peux pas m'exclure de sa vie !

Il haussa un sourcil noir.

— N'est-ce pas ce que tu m'as fait ? répliqua-t-il lentement. J'ai été exclu de la vie de mon fils dès sa naissance, mais je te le répète : c'est terminé, à présent. Il serait temps que tu regardes la réalité en face, Winnie.

— Tu n'as pas à me dicter ma conduite ! riposta-t-elle, indignée.

Mais elle savait qu'elle avait perdu la bataille. Parce qu'une fois de plus Eros avait raison. Teddy était *leur* fils, pas seulement le sien. Pour la première fois, Winnie se retrouvait confrontée à l'irrémédiable vérité. Elle n'était pas la seule à avoir des droits envers son enfant et cette évidence lui faisait l'effet d'une déchirure. En outre, la situation présente réveillait en elle toutes sortes d'inquiétudes ainsi qu'un sentiment d'insécurité qu'elle croyait disparu. Avec son assurance coutumière, Eros reprenait le contrôle de la situation, imposait *ses* conditions, *ses* limites. Il n'était pas du genre à rester assis les bras croisés en attendant qu'elle veuille bien lui reconnaître ses droits paternels.

— Tu dois apprendre à partager Teddy, déclara-t-il d'un ton sans appel. Et tu ferais bien de revoir le jugement que tu portes sur moi. Pourquoi serais-je moins capable que toi de m'occuper de mon fils, d'après toi ?

— Je n'ai rien sous-entendu de tel, se défendit-elle, nerveuse. Je voulais juste te prévenir qu'en dépit de tes efforts pour bien t'occuper de lui, Teddy est parfois très difficile à…

— Tu veux dire que tu aimerais bien que je sois dépassé, l'interrompit Eros en la défiant du regard. Mais je ne vois pas pourquoi ce serait le cas.

— Teddy est à un âge où les enfants sont imprévisibles. Il lui arrive de piquer des colères spectaculaires. Il peut passer de la rage aux larmes en quelques secondes.

— Mon fils a peut-être besoin de plus de stabilité et d'un entourage plus approprié, murmura Eros en plissant les yeux.

Comme si les colères d'un enfant étaient forcément dues à un manque de stabilité ou à un entourage défaillant !

— Tu as dit toi-même que tu devais apprendre à le connaître, lui fit-elle remarquer.

Au fond, elle espérait que Teddy fasse une crise, pour

qu'Eros comprenne ce que c'était qu'une *vraie* colère de petit garçon de dix-huit mois…

Mais elle n'en serait pas moins folle d'inquiétude lorsque son fils serait loin d'elle le lendemain, pendant plusieurs heures, pressentit Winnie avec effroi.

— Et demain soir, après que je t'aurai ramené Teddy, nous irons dîner ensemble et discuterons – en adultes responsables – de la conduite à adopter.

— Non, pas demain soir. Je travaille. Nous dînerons ensemble un autre jour.

— Je pars pour New York le lendemain et j'y resterai au moins une semaine. Prends ta soirée ou fais-toi porter pâle !

— Je ne peux pas laisser tomber mon employeur comme ça, Eros !

— Tu veux savoir où je vais, en sortant d'ici ? Chez mon avocat, pour savoir quels sont mes droits envers Teddy. Tu n'es pas en position de me tenir tête, Winnie. Nous *devons* prendre nos dispositions, et le plus tôt possible.

— Tu me menaces ? demanda-t-elle d'un ton brusque.

— Non, je suis franc avec toi ! Et impatient de connaître mon fils ! Je veux établir entre lui et moi une relation normale de père à enfant – et je te conseille de ne pas chercher à m'en empêcher. Alors, tu ferais mieux de renoncer à tes désirs de vengeance.

Winnie le regarda, suffoquée. Elle avait oublié à quel point il la dominait. Que, face à lui, elle se sentait toute petite. Les effluves familiers de son eau de toilette épicée lui caressaient les narines. Il était trop près, beaucoup trop près…

— Qu'est-ce que tu racontes ? Quels désirs de *vengeance* ?

— Quand tu as découvert que j'étais marié, tu as décidé de me punir en me cachant l'existence de mon enfant, répondit Eros d'un ton amer.

— Tu dis n'importe quoi ! protesta-t-elle, abasourdie. Ce n'est vraiment pas mon genre !

— Tu t'es servie du fait que j'étais marié pour m'exclure de la vie de Teddy. Mais c'est fini, maintenant, et il faut que tu t'adaptes à la nouvelle situation.

— Et *ta* situation ? Comment ton épouse va-t-elle s'y adapter ? Comment réagira-t-elle en apprenant l'existence de notre enfant ?

— Je n'ai plus d'épouse. Je suis divorcé depuis quelque temps, répliqua Eros, le visage sombre. Tout ce qui concerne Teddy ne regarde que toi et moi. Personne d'autre.

Elle le dévisagea avec incrédulité, en état de choc. Pas un instant elle n'avait imaginé qu'il pouvait avoir divorcé. À partir du moment où elle avait appris qu'il était marié, Winnie s'était interdit de faire des recherches sur Internet. Elle ne voulait plus rien savoir de lui, de sa vie, de ses affaires. Il appartenait à une autre et par conséquent, elle n'aurait jamais dû se donner à lui. Avoir des nouvelles d'Eros n'aurait fait qu'exacerber sa souffrance et le manque qui la dévoraient.

En outre, elle avait honte d'avoir couché avec le mari d'une autre. De s'être laissée aller à fantasmer sur leur relation. Elle avait eu beau se répéter qu'elle n'était pas coupable puisqu'elle ignorait qu'Eros était marié, cela ne changeait rien : elle s'était conduite comme une pauvre idiote.

Revenant au présent, Winnie le regarda s'en aller mais ne le raccompagna pas jusqu'à la porte de la maison. Celle-ci claqua bientôt, puis ce fut le silence.

Se rendant compte qu'elle retenait son souffle, elle se força à respirer. Mais sans éprouver aucun soulagement. Au contraire, un stress épouvantable et un horrible sentiment d'insécurité reprirent possession d'elle. Eros avait toujours eu le don de la surprendre, de l'ébranler au plus profond de son être. Fermant les yeux, Winnie repensa au jour où, après avoir été absent pendant deux semaines, il était venu la retrouver à la cuisine pour la saluer, avant de l'inviter de nouveau à boire un verre avec lui.

Sachant fort bien que ce n'était pas une bonne idée, elle avait résolu de refuser poliment lorsqu'il était réapparu, impatient et vibrant de cette belle énergie qui la sidérait toujours. Et quand il lui avait souri, de ce magnifique sourire qui éclairait tout son beau visage, elle avait senti son cœur battre si fort qu'elle en avait eu le vertige.

Sans lui demander son avis, il l'avait alors soulevée dans ses bras tandis qu'elle protestait faiblement. Puis il avait penché la tête et refermé la bouche sur la sienne avant de l'embrasser avec une passion farouche qui l'avait embrasée. Tout son être avait palpité, vibré, pétillé…

Lentement, il l'avait reposée sur ses pieds, faisant glisser son corps le long du sien pour lui montrer l'intensité de son désir.

— J'ai tellement envie de toi ! avait-il dit simplement. Tu m'as manqué comme jamais aucune femme ne m'avait encore manqué.

C'était cette simplicité, la sincérité de son aveu qui avait achevé de la séduire. Il lui avait manqué aussi. Sa présence, sa compagnie… Alors, au lieu de refuser, elle avait bu un verre avec Eros, et même partagé le dessert avec lui.

Jusqu'au moment où elle s'était rendu compte qu'il était très tard et s'était levée à regret. Aussitôt, il l'avait imitée et prise dans ses bras.

— Reste avec moi ce soir, avait-il murmuré.

Avant de l'embrasser de nouveau avec fougue.

Tremblant d'appréhension et de désir, Winnie avait pris la main qu'il lui tendait et l'avait suivi à l'étage où se trouvait la chambre du maître des lieux. La vaste pièce lui avait plu aussitôt, avec sa décoration sobre mais raffinée et au style bien masculin. Elle reflétait la personnalité singulière d'Eros et dégageait une atmosphère paisible et accueillante.

Tous ses derniers doutes et sa nervosité s'étaient alors

envolés. Elle avait oublié toute prudence, impatiente de connaître enfin les plaisirs de la chair et de devenir une vraie femme.

Elle s'était jetée à corps perdu dans cette relation, tombant vite amoureuse et s'adonnant tout entière à la passion.

Avec le recul, Winnie avait compris qu'Eros avait en fait profité d'elle comme il aurait profité de n'importe quelle femme qui aurait été là à sa place. Peut-être même avait-il été attiré par son manque d'expérience. Parce qu'il avait su, ou deviné, qu'elle était vierge…

Rien ne l'avait préparée aux délices et aux voluptés qu'il lui avait fait découvrir, ni au profond sentiment d'intimité éprouvé avec lui. À partir de ce soir-là, elle avait été à la merci de ses propres émotions. Elle s'était livrée tout entière à Eros, corps et âme.

Jusqu'au brutal et douloureux retour à la réalité…

Quand Winnie rentra du travail, ses sœurs la pressèrent de questions, curieuses de savoir ce qui s'était passé entre elle et Eros. Zoe considéra la chose de son habituel point de vue optimiste, trouvant plutôt positif qu'il veuille discuter de l'avenir avec elle et soit aussi impatient de se rapprocher de son fils.

— Mais qu'est-ce qu'il a vraiment en tête ? demanda Vivi, toujours méfiante.

— Sans doute est-il sincère quand il dit qu'il veut apprendre à connaître Teddy et passer du temps avec lui, répondit Winnie d'un ton hésitant. Qu'est-ce qu'il pourrait vouloir d'autre ?

— J'ai l'impression que c'est le genre de type qui fait toujours passer ses propres intérêts avant celui des autres, déclara Vivi. Où est le bénéfice, pour lui ? Il doit y avoir un truc qui nous échappe. Il sait que Sam Fotakis est notre grand-père ?

— Non, ce n'est pas apparu dans la conversation. J'y ferai allusion demain, pour voir sa réaction.

Winnie soupira avant d'ajouter :

— Comment vais-je pouvoir confier Teddy à Eros et à une nounou qu'il ne connaît pas ?

— Tu te détendras et tu auras le sourire aux lèvres, répondit Zoe, pince-sans-rire. Espérons seulement que la nounou ait de l'expérience avec les enfants de cet âge…

— Maman… Maman ! cria de nouveau Teddy, en pleurs.

Lorsqu'ils tentèrent de le remettre dans sa poussette, il se mit à hurler d'une voix suraiguë :

— Pas bébé ! Pas bébé !

C'étaient les trois seuls mots auxquels Eros avait eu droit de la part de son fils. Sans compter le *non* vigoureux et catégorique dont l'avait gratifié Teddy.

Sans se soucier de la présence des autres personnes attirées par ses cris, il se jetait régulièrement par terre sur l'allée et réclamait sa mère en hurlant d'une voix stridente qui devait résonner dans tout le zoo.

Et il n'aimait pas la nounou, se débattant de toutes ses forces à chaque fois qu'elle voulait le soulever dans ses bras dans l'espoir de le calmer.

Le seul avantage de l'hostilité de Teddy envers la jeune femme était qu'il se raccrochait à son père comme si, à défaut de mieux, lui seul était capable de le protéger.

D'autre part, il avait adoré regarder les singes dans leur enclos et leur avait raconté quantité de choses dans ce langage incompréhensible qui ne laissait pas de dérouter Eros. Son fils adorait également le chocolat et les aires de jeux. Teddy était un petit garçon intelligent, énergique… et au tempérament explosif. En outre, il paraissait si attaché à sa mère qu'Eros fut bien obligé de revoir ses projets.

Teddy ne serait jamais heureux s'il était séparé de Winnie, ne serait-ce qu'à temps partiel. Il avait besoin d'elle autant qu'il avait besoin d'air pour respirer. Sa mère était le centre de son petit univers et représentait pour lui la sécurité. Or Eros ne ferait jamais rien qui puisse faire souffrir son fils ou lui nuire.

Avait-il envisagé de les séparer parce qu'il se sentait coupable, ou pour se venger ? se demanda-t-il tandis qu'ils roulaient vers la maison où Teddy allait retrouver sa mère. En tout cas, il lui fallait modifier son attitude et, pour le bien de son fils, en venir à une décision à laquelle il n'aurait jamais imaginé devoir se résoudre.

Le mariage.

Gardant encore des séquelles de sa première expérience en la matière, la simple perspective de se remarier lui donnait des sueurs froides. Il ne le désirait pas. Il s'était même promis de ne *jamais* se remarier. Il n'avait de compte à rendre à personne et n'éprouvait pas le désir de se reproduire. Peu importait ce qui arriverait à son empire après sa mort. Son nom disparaîtrait ? Et alors ?

Mais lorsqu'il avait appris l'existence de Teddy, toute sa vie, toutes ses attentes et ses objectifs avaient radicalement changé du jour au lendemain.

— Tu vas bientôt retrouver maman, dit-il à son fils qui laissait échapper un gros sanglot.

— Il est très attaché à sa mère, fit remarquer la nounou.

— Et trop jeune pour être séparé d'elle, acquiesça Eros.

Winnie avait raison sur ce point. Il aurait dû l'écouter…

Repensant à la proposition scandaleuse de Fotakis, il considéra soudain celle-ci sous un autre angle. Il pouvait se passer de Trilis, mais pas vivre sans son fils. D'un autre côté, s'il devait épouser Winnie pour pouvoir partager la vie de Teddy, pourquoi ne pas récupérer l'île de sa famille par la même occasion ?

Il refusait toutefois d'épouser Winnie aux conditions énoncées par son grand-père. Leur mariage ne serait pas un prélude à un nouveau divorce. S'ils se mariaient, il s'agirait d'un *vrai* mariage, et sa femme et son fils vivraient naturellement avec lui.

Non seulement Eros aimait gagner, mais il n'avait pas du tout l'intention de se plier aux exigences du vieux renard et de renoncer à son fils. D'autant plus qu'en matière de père Fotakis n'avait vraiment pas fait preuve d'un comportement modèle avec ses deux fils, aussi était-il hors de question qu'il s'occupe de Teddy. Et puis, si Eros devait perdre sa liberté, il avait droit à une petite compensation, non ? Alors, il voulait Teddy *et* Winnie, avec Trilis en prime.

Une seule question demeurait. Que penserait Winnie de cette solution ? Que faudrait-il pour la persuader que c'était *la seule* possible ?

Peu importait, décida-t-il. Il ne la ménagerait pas, et elle n'aurait que ce qu'elle méritait pour l'avoir privé de son fils pendant aussi longtemps.

4.

— Je suis comment ?

— Tu as l'air terrifié, répondit franchement Vivi.

Winnie se passa les mains sur les hanches pour lisser la robe achetée avant de partir voir leur grand-père en Grèce, et se regarda dans le miroir. L'étoffe moulait ses rondeurs de façon un peu trop provocante…

— J'ai surtout l'air d'une bonbonne…

— Tu ne vas pas à un rendez-vous galant, fit remarquer sa cadette.

— Et tu n'es pas grosse ! protesta Zoe. Tu es petite et tu as des formes, et apparemment, il aime ça…

— On se fiche de ce qu'il aime ou pas ! l'interrompit Vivi. Au premier geste déplacé, tu cries au secours pour ameuter tout le monde.

— Vivi ! répliqua gentiment Winnie. Eros et moi, nous arrivons à peine à rester polis l'un avec l'autre, alors il ne risque pas de me faire des avances !

— En tout cas, sois vigilante et n'accepte pas n'importe quoi. Nous, on n'a pas envie qu'il nous prenne Teddy tous les week-ends au prétexte que tu travailles !

— Je n'accepterai rien du tout ce soir. Je demanderai du temps pour réfléchir à tout ce qu'il me proposera.

— Ne rentre pas trop tard. Il faut qu'on se lève tôt, demain, lui rappela Zoe.

Une fois par mois, elle et Teddy prenaient le train pour aller chez John et Liz. Stam avait racheté l'hypothèque de la maison afin d'empêcher qu'elle ne leur soit reprise, mais il avait refusé de transférer la propriété à leur nom. Il ne le ferait que lorsque ses petites-filles auraient rempli ses conditions et se seraient mariées toutes les trois.

Winnie acquiesça d'un hochement de tête et glissa les pieds dans les escarpins d'une hauteur vertigineuse empruntés à Zoe, et que celle-ci n'avait jamais portés. Zoe adorait les accessoires de mode mais détestait sortir, ne serait-ce qu'au restaurant. Il fallait littéralement la tirer par la main pour l'y emmener de temps en temps.

Repensant à John et Liz, Winnie se remémora les difficultés financières qui les avaient plongés dans les ennuis jusqu'au cou. Après l'infarctus de John, ils avaient vécu de peu durant plusieurs années. L'entreprise de plomberie de John avait fait faillite et il avait beau s'être complètement remis de son infarctus, ils avaient eu du mal à payer leurs mensualités, accumulé les retards, et fini par se retrouver obligés d'envisager de perdre leur maison.

Dieu merci, leurs problèmes avaient été résolus grâce à l'intervention de Stam, et même si cet arrangement n'était que provisoire, il permettait à tout le monde de souffler un peu.

Après avoir dit au revoir à ses sœurs, Winnie monta bientôt à bord du taxi qui l'attendait devant la maison. Eros l'avait en effet appelée pour la prévenir qu'on viendrait la chercher, de cette voix profonde au timbre caressant qui lui avait rappelé l'époque où il l'appelait chaque jour lorsqu'il quittait Londres.

Pourquoi se souvenir de cette période ? s'était-elle reproché aussitôt. En tout et pour tout, leur histoire n'avait duré que quelques mois. Et pour Eros, cela n'avait été qu'une passade. Alors pourquoi persistait-elle à idéaliser ce qu'ils avaient partagé ? C'était stupide. Absurde.

Le taxi s'arrêta devant un immeuble à l'architecture audacieuse. Elle traversa le hall en direction des ascenseurs. Une fois dans la cabine rutilante, elle s'efforça de ne pas paniquer à la perspective de revoir Eros. Il était le géniteur de Teddy, rien de plus, se dit-elle pour dominer son appréhension.

Un employé en costume élégant la fit entrer dans un immense espace ouvert au sol et aux murs ivoire, sur lesquels ressortaient quelques meubles en bois exotique et plusieurs œuvres d'art abstraites. Le jeune homme la débarrassa de son manteau et de son écharpe, puis s'éclipsa.

Une fois seule, Winnie regarda autour d'elle avec étonnement. La maison qu'Eros possédait à la campagne datait de l'époque géorgienne et, tout comme son appartement londonien d'alors, était meublée et décorée dans un style résolument ancien. Peut-être parce que ces deux résidences avaient été choisies par son épouse. Mais, maintenant qu'il avait divorcé et retrouvé sa liberté, il vivait dans un environnement correspondant davantage à ses goûts.

Mais où sa femme avait-elle habité durant les mois où Winnie travaillait pour lui ? En Grèce, ne voyant son mari que de temps en temps ?

Et elle, pourquoi se posait-elle encore ce genre de question ? Ce n'était pas le moment de se laisser aller à des regrets ou à des accès de sentimentalité. Elle ne devait pas oublier qu'elle avait affaire à un homme puissant et habitué à obtenir ce qu'il désirait, sans se soucier du mal qu'il faisait autour de lui.

— Tu veux boire un apéritif ?

Oubliant qu'elle portait des talons aiguilles, Winnie se retourna vivement et faillit perdre l'équilibre. Eros tendit aussitôt le bras et la prit par la taille. Le contact de ses longs doigts la fit tressaillir.

— Merci... Euh, oui, je veux bien boire quelque chose, dit-elle à la hâte en reculant d'un pas pour se libérer.

Il la regarda en silence. La comparait-il à la Winnie qu'il avait connue deux ans plus tôt ? se demanda-t-elle, le cœur battant la chamade. N'en déplaise à Zoe, ses formes s'étaient épanouies depuis. Notamment à cause de sa grossesse.

Gênée par le regard d'Eros qui descendait lentement sur son buste, son ventre, ses hanches, avant de remonter avec la même lenteur, Winnie repoussa une mèche de son front pour se donner une contenance.

— Tu t'es laissé pousser les cheveux, fit remarquer Eros.

— Je n'ai pas le temps d'aller chez le coiffeur, répliqua-t-elle bêtement.

À son tour, elle dévora des yeux l'homme superbe qui se dirigeait vers le bar. Dans ce jean noir mettant en valeur ses hanches étroites et ses longues jambes musclées, et une chemise gris souris à la coupe ajustée soulignant sa large carrure et son torse musclé, Eros était d'une beauté époustouflante.

— Je te sers un verre de vin blanc ? demanda-t-il sans se retourner.

— Oui, merci.

Ravie d'avoir quelque chose à faire, elle prit le verre en cristal qu'il lui tendait et resserra les doigts autour du pied fin.

— Teddy est un petit garçon incroyable, dit soudain Eros.

Surprise, elle le dévisagea un instant en silence.

— Oui, je trouve aussi.

Décidément, elle disait n'importe quoi…

— Nous désirons tous les deux qu'il soit heureux, n'est-ce pas ? enchaîna Eros.

— Bien sûr, répliqua Winnie à la hâte. Et je ne doute pas qu'en ce qui le concerne tu aies les meilleures intentions du monde. Mais ne le bouscule pas, s'il te plaît. Comme la plupart des enfants de son âge, Teddy n'aime pas qu'on change ses habitudes.

— Tu me demandes l'impossible – je passe la majeure partie de mon temps en Grèce.

Il tourna les yeux vers l'employé qui se tenait immobile à l'entrée de l'espace ouvert.

— Je crois que le dîner est prêt, reprit-il.

— Autrefois, tu vivais surtout à Londres, lui fit remarquer Winnie en le suivant.

Dans un espace plus restreint – mais spacieux – communiquant avec le précédent, une table dressée pour deux les attendait. Hélas, en dépit de la présentation raffinée des plats, Winnie s'aperçut qu'elle n'avait pas du tout faim.

Elle s'assit néanmoins sur la chaise qu'Eros avait tirée pour elle et le regarda s'installer en face d'elle. Mais quand il plongea ses yeux verts dans les siens, elle fut gagnée par un trouble incontrôlable et, se sentant rougir, se concentra sur les hors-d'œuvre, aussi exquis qu'ils le paraissaient, et feignit de les savourer avec appétit.

— Je dirige désormais mes affaires depuis la Grèce, dit Eros d'une voix douce. Par conséquent je ne pourrais pas passer beaucoup de temps avec mon fils ici, à Londres.

— C'est dommage, répliqua Winnie du bout des lèvres.

— Mais pas irrémédiable, murmura-t-il.

— Tant mieux, dit-elle sans le regarder.

Une sensation de froid l'envahit. Comme si un danger invisible la menaçait.

— Qui cuisine pour toi, maintenant ? demanda-t-elle d'un ton faussement désinvolte.

— Ce soir, j'ai fait venir les plats de l'un de mes restaurants préférés, reconnut-il. Je ne séjourne pas assez souvent ici pour embaucher un chef à demeure.

L'employé vint apporter le deuxième plat et reversa du vin dans leurs verres.

Eros avait repris le contrôle de la situation, songea Winnie avec un frisson. Il avait abordé le sujet épineux de ses rares séjours à Londres et ils se retrouvaient à la case départ, en quelque sorte. Comme si c'était sa faute à elle que Teddy vive loin de son père.

— Tu connais peut-être mon grand-père paternel, dit-elle du même ton détaché. Stamboulas Fotakis ? Mes sœurs et moi n'avons fait sa connaissance que récemment.

Il soutint son regard sans ciller.

— Qui n'a pas entendu parler de Stam Fotakis ?

répliqua-t-il tranquillement. Cet homme est une légende vivante. Pourquoi ne pas avoir mentionné ta parenté avec lui autrefois ?

Winnie reposa sa fourchette et son couteau, puis souleva son verre de vin.

— Franchement, je n'y ai jamais pensé. À l'époque, je n'avais jamais eu aucun contact avec lui. Mon père et lui se sont quittés en mauvais termes mais nous n'avons pas d'autres parents. Mes sœurs étaient trop jeunes à la mort de mon père et de ma mère pour se demander si nous avions encore un grand-père en vie. Quand je leur ai parlé de lui, elles ont eu envie de le connaître. Nous lui sommes très reconnaissantes de nous avoir hébergés tous les quatre dans l'une de ses résidences.

— C'est à moi de veiller sur toi et mon fils, répliqua Eros, les traits crispés. Pas à ton grand-père.

Il serait très bon au poker, songea Winnie. Car il n'avait laissé paraître aucune émotion quand elle avait évoqué sa parenté avec Stam. Hormis de l'étonnement vis-à-vis du fait qu'elle n'ait jamais fait allusion à lui autrefois.

— C'est plutôt conservateur, comme attitude, non ? fit-elle remarquer avant de porter son verre à ses lèvres.

— Je n'apprécie pas ta remarque, riposta-t-il, les yeux étincelants. Mon fils et sa mère relèvent de ma seule responsabilité. Il n'y a rien de conservateur dans mon attitude. Même la loi me soutiendrait. C'est à moi et à moi seul de pourvoir à vos besoins.

Cette fois, elle se sentit pâlir. Il y avait une telle intensité dans les beaux yeux verts, une telle détermination – dont Teddy avait d'ailleurs hérité…

— Ne nous disputons pas, dit-elle, mal à l'aise.

Sans doute allait-il tenter de la persuader d'accepter une aide matérielle de sa part.

— Il y a sans aucun doute de nombreux points sur lesquels nous ne manquerons pas de nous disputer, répliqua-t-il.

Ah… Cette perspective ne semblait pas le déranger, alors que de son côté Winnie détestait les conflits.

— Mange, ajouta-t-il d'un ton détaché.

— Pourquoi est-ce aussi important pour toi de partager la vie de Teddy ? insista-t-elle néanmoins.

— Mon père a divorcé d'avec ma mère alors que j'avais huit ans et je ne l'ai quasiment plus revu après leur séparation, répondit Eros.

Stupéfaite, elle le dévisagea en silence.

— Il s'est remarié et ma belle-mère ne s'intéressait pas du tout aux enfants. Ce mariage n'a pas duré non plus. Depuis qu'il avait quitté ma mère, mon père menait une existence chaotique et n'avait ni le temps ni l'énergie d'être père. Quand j'ai eu dix-huit ans et qu'il est mort, il était devenu un étranger pour moi.

— Je suis désolée, murmura Winnie. Je ne me serais jamais doutée que tu avais grandi sans père.

— Mais à présent, tu comprends peut-être pourquoi je tiens autant à jouer un rôle dans la vie de Teddy, et pourquoi c'est aussi important pour lui que pour moi, dit-il lentement.

— Oui, acquiesça-t-elle avec réticence. Je vois que le fait d'avoir eu un père absent t'a profondément marqué.

— Heureusement pour moi, au moment où je démarrais ma carrière dans les affaires, j'ai rencontré un homme plus âgé que moi qui a joué un rôle de mentor et m'a évité de faire de mauvais placements, répliqua-t-il d'un air grave. Sans le soutien de Filipe, ma première initiative aurait vite tourné court. Il a été pour moi le père que je n'avais pas eu. Je ne veux pas que mon fils connaisse les mêmes désillusions que moi.

— Je comprends, acquiesça de nouveau Winnie.

Elle repoussa son assiette et le regarda déguster son dessert, amusée et attendrie malgré elle. Eros aimait toujours autant les mets sucrés. En revanche, c'était la première fois qu'il lui faisait des confidences aussi intimes. Deux ans plus tôt, quand elle l'interrogeait sur sa vie personnelle, avide de tout savoir sur lui, il se retranchait dans un silence obstiné. Probablement parce qu'en se confiant il aurait craint de faire allusion par mégarde à sa situation d'homme marié.

Une fois le repas terminé, Eros prit leurs deux verres et l'invita à retourner dans l'espace salon.

Winnie le suivit avec appréhension. Il allait poser ses exigences par rapport à Teddy…

Sans dire un mot, il lui tendit son verre avant de se diriger vers la baie vitrée et de faire coulisser la paroi de verre. Les bruits du monde extérieur envahirent aussitôt le vaste espace, brusque rappel à la réalité. Eros traversa le jardin en terrasse tandis qu'elle s'avançait derrière lui, cramponnée à son verre. Raide comme un piquet, elle s'assit dans un fauteuil en rotin agrémenté de coussins couleur ivoire, tandis que lui préférait s'adosser nonchalamment au garde-corps.

— Après mûre réflexion, j'en suis arrivé à la conclusion que nous devions nous marier, dit-il sans préambule, de sa belle voix profonde.

Mais cette fois, le timbre chaud et sensuel fit courir un frisson glacé dans le corps de Winnie.

— Cela réglerait tous nos problèmes et nous permettrait d'élever Teddy sans avoir à nous partager sa garde.

Elle le dévisagea, en proie à un mélange d'émotions contradictoires et confuses. Les souvenirs, assortis d'images évocatrices, se bousculaient dans son esprit, lui faisant remonter le temps, la submergeant de sensations aussi délicieuses que dangereuses. Mais en dépit de son trouble, Winnie comprit qu'Eros était sérieux. Que sa proposition était non seulement sincère, mais que l'épouser représentait une décision très importante pour lui. Et que, comme toujours, il était déterminé à arriver à ses fins. De la même façon qu'autrefois il avait entretenu avec elle une liaison passionnée pour assouvir le désir qu'il avait d'elle.

S'il lui proposait le mariage, ce n'était cependant pas

pour satisfaire sa libido ou par intérêt envers elle, comprit Winnie. Deux ans plus tôt, il n'avait fait aucune tentative pour la retrouver après qu'elle eut disparu de sa vie. Alors qu'avec les moyens dont il disposait il aurait pu y parvenir sans difficulté – d'autant qu'elle était retournée vivre avec ses sœurs. Aux yeux d'Eros, elle n'avait été qu'une maîtresse occasionnelle, et non une femme dont il avait besoin et qui comptait pour lui.

— Pourquoi devrions-nous nous marier ? demanda-t-elle d'une voix plus rauque qu'elle ne l'aurait souhaité.

— À cause de Teddy, répondit-il en haussant les épaules. C'est la seule solution qui permette de pourvoir à tous ses besoins, matériels et affectifs.

— Cela n'a pas de sens ! protesta Winnie. Des tas de couples vivent séparément et partagent la garde de leur enfant, et tout se passe très bien !

— Et comment allons-nous nous partager la garde de Teddy puisque je vis en Grèce ?

— Ce n'est pas mon problème.

Elle se ressaisit, consciente que ce n'était vraiment pas le moment de baisser les bras.

— Tu pourrais peut-être passer plus de temps à Londres ?

— Je t'ai proposé de t'épouser, lui rappela Eros avec un petit sourire ironique. Tu ne crois pas que tu pourrais te montrer un peu plus… aimable ?

Un soupçon gagna Winnie. Elle venait de lui dire que son grand-père était l'un des hommes les plus riches du monde, ce qui faisait d'elle un parti fort intéressant. Tandis qu'autrefois elle n'était qu'une vulgaire employée à son service.

— Il y a deux ans, tu ne me l'aurais certainement pas proposé !

— À moins de devenir bigame, je n'en avais pas la possibilité, riposta-t-il, sardonique. Et non seulement je n'étais pas libre, mais Teddy n'existait pas. Tandis qu'à présent il est là, et je désire lui donner mon nom.

— Il est très heureux avec le mien ! rétorqua-t-elle en redressant le menton. Tu ne désires pas vraiment m'épouser, ne dis pas le contraire, Eros. Je ne suis pour toi qu'une femme avec qui tu as entretenu une liaison passagère, et qui est tombée *malencontreusement* enceinte.

— Je veux que mon fils vive avec moi, poursuivit-il sans tenir compte de ses paroles. Et cela n'est pas possible *sans* sa mère.

Cet aveu frappa Winnie en plein cœur. Sa souffrance fut si grande, si intense, qu'elle baissa les yeux pour dissimuler ce qu'elle ressentait.

— Merci beaucoup, dit-elle d'un ton sec.

— Ne te méprends pas, bon sang ! explosa Eros. Je désire également que tu vives avec moi, c'est évident !

Elle se leva et, d'un geste brusque, posa son verre sur la table au plateau de verre.

— À supposer que ce soit vrai, tes désirs ne sont pas réciproques, figure-toi !

— Il me suffirait de cinq minutes pour te démontrer le contraire, riposta Eros sans hésitation. Tu veux que je t'énumère toutes les raisons pour lesquelles nous devons nous marier ?

— Oh ! je t'en prie, épargne-moi ta brillante démonstration ! jeta-t-elle avec mépris. Ou pourquoi ne pas la commencer par le fait que, si je ne t'avais pas dit que j'étais la petite-fille de Stam Fotakis, tu n'aurais jamais songé à m'épouser ?

Eros la dévisagea un instant en silence, l'air profondément choqué. Il pâlit même sous son hâle.

— Tu crois vraiment que je pourrais désirer t'épouser à cause de l'argent dont tu hériteras peut-être un jour ? riposta-t-il, les yeux étincelants de rage.

Non, reconnut Winnie en son for intérieur. De toute évidence, elle s'était trompée. Eros ne jouait pas la comédie, c'était impossible. Et mieux valait mettre un terme à cette discussion.

— Je ferais mieux de m'en aller, dit-elle en se levant.

Mais quand elle s'avança vers la baie vitrée restée grande ouverte, Eros lui prit le poignet, la forçant à se retourner.

— Ma proposition n'a *rien* à voir avec le fait que Fotakis soit ton grand-père, déclara-t-il d'une voix dure. Cela ne concerne que toi et moi.

— Pas seulement. Tu me proposes de t'épouser parce que tu veux Teddy et que tu as bien compris que sans moi il serait malheureux.

— Tu as perdu l'esprit ? demanda-t-il, manifestement à bout de patience. Je veux que tu fasses partie de ma vie, toi aussi !

— Il y a deux ans, ce n'était pas le cas, parce que sinon tu aurais au moins essayé de me retrouver !

Elle n'avait pu s'empêcher de riposter. Ç'avait été plus fort qu'elle.

— J'étais marié. Ma relation avec toi était une erreur. C'est pour cela que je n'ai pas cherché à te retrouver. Je ne voulais pas être tenté de reprendre notre liaison.

— Dommage que tu n'aies pas éprouvé la même réticence le jour où tu m'as rencontrée ! Tout le monde aurait été plus heureux si tu t'étais conduit en homme d'honneur dès le début !

— Mais nous n'aurions pas Teddy, lui rappela Eros. Et maintenant que j'ai fait sa connaissance, je ne regrette pas ce qui s'est passé autrefois entre toi et moi. Au contraire, si j'avais le choix, je referais la même chose.

Consciente de la main lui enserrant toujours le poignet et des doigts lui caressant doucement l'avant-bras, comme pour l'apaiser, Winnie baissa les yeux, incapable de soutenir plus longtemps le regard dardé sur le sien. Eros avait raison, bien sûr. En dépit de tout le chagrin et de la souffrance qu'il lui avait causés, elle ne regretterait jamais d'avoir Teddy. Parce que ce petit être lui avait apporté tant d'amour, de lumière et de réconfort qu'elle se demandait maintenant comme elle avait pu vivre avant de le mettre au monde. Eros lui avait brisé le cœur mais

Teddy avait pansé ses plaies. Grâce à son fils, elle avait retrouvé le courage et la force de se reconstruire.

— Je veux vraiment que tu partages ma vie, insista Eros en lui soulevant le menton.

L'éclat émeraude éblouit Winnie. L'instant d'après, la bouche ferme et sensuelle couvrait la sienne et la dévorait avec fièvre.

Ses lèvres s'ouvrirent d'elles-mêmes, et quelque chose frémit au plus intime de son être tandis que la langue experte explorait sa bouche. Un tremblement parcourut Winnie de part en part tandis que son corps se lovait d'instinct contre le sien. Ses seins s'épanouirent en même temps qu'une chaleur familière se répandait entre ses cuisses…

Les grandes mains d'Eros se posèrent sur ses hanches, glissèrent sur ses reins. Poursuivant leur chemin, elles lui effleurèrent la taille avant de se refermer sur ses seins. Il en caressa les pointes durcies à travers la tunique, les soumettant à un délicieux supplice. Winnie ferma les yeux. Le désir fusait en elle, et un gémissement lui échappa.

— Regarde-moi, ordonna Eros d'une voix rauque. Je te désire. Tu me désires. C'est aussi simple que cela.

Au prix d'un effort surhumain, elle se dégagea et recula d'un pas, mortifiée de s'être laissée aller ainsi. De s'être délectée de ce baiser.

— Mais ce serait mieux pour tous les deux si nous nous conduisions de façon raisonnable, poursuivit Eros. Je ne voudrais pas être forcé de me battre contre toi pour obtenir la garde de Teddy.

— Te battre… Pour obtenir sa garde ? balbutia Winnie, horrifiée. Pourquoi ferais-tu une chose pareille ?

— Parce que, si tu refuses de m'épouser, je n'aurai pas d'autre option, répondit-il sans ménagement. Je veux que Teddy fasse partie de ma vie, Winnie, et je n'accepterai aucun compromis.

— Je suis bien sûr prête à faire en sorte que tu puisses

le voir autant que tu le souhaiteras, lui rappela-t-elle d'une voix blanche. Sinon, je ne serais pas venue ici ce soir.

— Tu voudrais que je me contente de le voir de temps en temps ? Ici ? À Londres ? Pas question !

S'efforçant de dissimuler son effroi, Winnie se redressa de toute sa hauteur.

— Toute autre solution est inenvisageable, déclara-t-elle fermement. Tu pourras voir Teddy à chaque fois que tu le voudras, mais il n'ira pas vivre avec toi en Grèce.

Une lueur dure et froide scintilla dans les yeux verts.

— Dans ce cas, nous porterons l'affaire devant le juge. Et je te préviens, je ne reculerai devant rien pour obtenir gain de cause…

— Tu me menaces ? demanda-t-elle d'une voix frémissante.

Tout son corps tremblait, de la tête aux pieds. De crainte.

— Tu confies mon fils à une femme qui a été accusée de travailler dans une maison de passe, et dont le nom et le visage ont fait la une de tous les tabloïds ! s'exclama Eros avec dégoût.

Cette fois, elle crut qu'elle allait s'évanouir. Ainsi, il était déjà au courant de cette lamentable histoire. Eros faisait en effet allusion à Vivi, la pauvre Vivi, dont le premier emploi lui avait valu de voir sa réputation taillée en pièces, notamment par la presse à scandale, en effet. Sa sœur avait cru travailler pour une agence de mannequins alors qu'en réalité il s'agissait d'une agence d'escort-girls. Après une descente de police, l'agence en question avait été fermée pour activités illicites et Vivi avait été prise, à tort, pour une prostituée, alors qu'elle quittait les lieux, affolée, devant la meute de paparazzis et de curieux. Et sa photo avait effectivement paru dans de nombreux tabloïds.

— Et ton autre sœur, qui ose à peine sortir de chez elle et souffre de crises de panique ! Tu crois que Teddy est en sécurité avec elle ? poursuivit Eros sans pitié.

— Je te déteste ! s'écria Winnie, folle de rage.

Elle n'en pouvait plus. Il n'avait pas le droit de s'en prendre à ses sœurs. De son côté, elle était prête à tout pour les protéger.

— Comment as-tu appris des informations aussi confidentielles ?

— Il m'a suffi de faire effectuer une enquête sur toi.

— Tu es odieux ! lui lança-t-elle avec mépris. Même si tu étais le dernier homme sur terre, je ne t'épouserais pas ! Je n'éprouve aucun respect envers un homme prêt à s'abaisser à menacer ma famille pour me voler mon fils, et je ne pourrais jamais avoir confiance en…

— Teddy est aussi mon fils et ma famille, l'interrompit Eros avec hauteur. Il est normal que je fasse tout ce qui est en mon pouvoir – même si je dois recourir à des moyens discutables – pour faire ce que j'estime être le mieux pour lui.

Winnie traversa le vaste espace salon.

— Tu peux toujours te le dire, si ça t'aide à te sentir mieux ! rétorqua-t-elle sans se retourner. Mais, à la différence de toi, j'ai des principes et je ne les enfreindrai pas… Même si je suis tentée de le faire !

— Tu ne peux pas me demander d'être gentil alors que de ton côté tu voudrais que j'accepte de vivre sans mon fils ! riposta Eros derrière elle.

— Lorsque les choses se seront un peu calmées, répliqua-t-elle sèchement, souviens-toi que c'est *toi* qui m'as déclaré la guerre et qui as recouru aux coups bas. Alors que moi, j'étais prête à me montrer raisonnable et juste.

— Vraiment ? Parce que tu étais *juste* quand tu m'as caché l'existence de mon fils ? Que tu as privé Teddy du droit d'avoir un père ? Tu étais *juste* quand tu as suggéré que je m'arrange pour venir à Londres plus souvent afin de voir mon fils ?

Winnie fit volte-face, raide de colère. Mais il n'aurait servi à rien de riposter. Cette discussion ne menait nulle part. Non, rien de tout cela n'était juste. Pas plus que ne l'avait été Eros en lui dissimulant qu'il était marié. Et il était encore plus injuste quand il menaçait de citer ses sœurs devant le juge parce qu'elles avaient toutes les deux vécu des expériences dont elles se seraient bien passées si elles avaient eu le choix.

Zoe avait été harcelée et maltraitée dans une famille d'accueil. Vivi avait payé à la place d'une jeune héritière rebelle. En résumé : la vie était injuste, conclut Winnie avec amertume. Elle l'avait découvert lorsque ses parents étaient morts à cause d'un chauffard en état d'ébriété. Et elle en avait fait une nouvelle fois la douloureuse expérience en se donnant plus tard corps et âme à un homme indigne de sa confiance.

Mais Eros ne lui prendrait pas en plus Teddy, résolut-elle farouchement. Elle ne se laisserait pas faire et demanderait à son grand-père de l'aider. Stam voulait qu'elle épouse un homme *approprié*, aussi ne prendrait-il pas le parti d'Eros. Pas plus qu'il ne voudrait lui confier son arrière-petit-fils.

Winnie se détourna et, sans même saluer Eros, sortit de l'appartement et quitta l'immeuble à la hâte.

Elle était si furieuse qu'elle n'attendit pas d'être rentrée pour appeler Stam et l'informa bientôt qu'Eros lui avait demandé de l'épouser.

— Il était grand temps ! répliqua Stam.

Sa réaction était tellement inattendue que Winnie en resta sans voix.

— Mais mieux vaut tard que jamais, poursuivit son grand-père. Il est le père de Teddy et quand tu l'épouseras, mon arrière-petit-fils récupérera son nom et son droit de naissance. Nevrakis ne vient pas d'une lignée très ancienne, mais il s'est taillé une solide réputation dans le monde des affaires et a su développer son empire. Et comme il n'est ni un panier percé ni un imbécile de coureur de jupons comme son défunt père, il ne risque pas de sombrer dans la misère…

De plus en plus estomaquée, elle ne pouvait prononcer un mot.

— Alors tu vas l'épouser, bien sûr. Pourquoi refuserais-tu ? Il te doit une alliance, décréta Stam d'un ton sévère.

— J'avais l'intention de te demander de me trouver un bon avocat pour me défendre contre lui, dit Winnie, stupéfaite.

— Non, tu pourras compter sur l'aide de tous mes avocats lorsque tu demanderas le *divorce*, Winnie.

— Mais si je ne l'épouse pas, il menace de porter l'affaire devant le juge pour obtenir la garde de Teddy !

— Pourquoi ne l'épouserais-tu pas alors que ce mariage résoudra ta situation impossible ? demanda son grand-père.

Il ne feignait pas l'étonnement, comprit Winnie. Il était réellement surpris par sa réticence.

— Tu as dit que tu étais prête à te marier pour me faire plaisir, ajouta-t-il.

— Oui… Avec n'importe qui *sauf* Eros, répliqua-t-elle avec effort.

— C'est lui que j'ai choisi, mais ne t'inquiète pas, toi et le petit repartirez avec moi aussitôt après le mariage, déclara Stam avec une satisfaction manifeste.

Elle avait beau se sentir abandonnée par son grand-père, Winnie n'en songea pas moins qu'Eros n'était pas homme à apprécier de voir sa femme et son fils filer à l'anglaise…

Quand elle arriva chez elle, elle fut aussitôt assaillie de questions par ses sœurs. Mais pour la première fois de sa vie, Winnie leur dissimula une partie de la vérité. Comment aurait-elle pu leur dire qu'Eros l'avait menacée de divulguer leurs secrets et de se servir de leurs faiblesses pour obtenir la garde de Teddy ? Cela n'aurait fait que les déprimer et les effrayer.

Était-il possible que leur grand-père ait orchestré la réapparition d'Eros dans sa vie ? se demanda soudain Winnie. Stam adorait manipuler les gens, avait-elle vite constaté. Plus elle y pensait, plus elle se disait que c'était bien ce qui s'était passé. Était-ce par lui qu'Eros avait appris l'existence de Teddy ?

Elle aurait dû y songer dès l'instant où Eros avait resurgi comme par enchantement. Comment avait-elle pu croire à une simple coïncidence ? Une sensation de malaise envahit Winnie. Elle avait l'impression d'avoir été manipulée des deux côtés. Qu'ignorait-elle encore ? Elle ne supportait pas l'idée d'être ainsi laissée dans l'ignorance.

— Pourquoi accepterais-tu de l'épouser ? demanda Vivi en fronçant les sourcils.

Zoe s'éclaircit la gorge.

— Il est somptueux, riche, elle était amoureuse de lui et il est le père de Teddy, résuma-t-elle. Je ne l'approuve pas mais je peux comprendre les arguments de grand-père.

— Eros Nevrakis est un salaud ! s'exclama Vivi.

— Nous ne devons pas oublier John et Liz, et la proposition de grand-père, leur rappela Winnie avec calme. Il veut que j'épouse Eros et si je ne suis pas obligée de vivre avec lui, je crois que je vais accepter. Ce ne sera qu'une formalité, au fond. Et j'aurai rempli la condition imposée par grand-père.

— Mais c'est impossible, enfin ! protesta Vivi avec véhémence. Regarde les choses en face, Winnie : au fond, tu ne veux rien avoir à faire avec Eros Nevrakis.

— Non, c'est vrai. Mais je ne suis pas en position de négocier, soupira Winnie. C'est le prix à payer pour l'erreur que j'ai commise en me lançant dans une aventure avec lui. Je le ferai pour Teddy, et pour John et Liz.

Cette nuit-là, elle resta néanmoins éveillée à penser au baiser échangé avec Eros, tout en se haïssant d'avoir été assez faible pour succomber au charme de celui qui l'avait presque détruite deux ans plus tôt. Après être partie de chez lui, elle avait passé des jours et des jours enfermée dans sa chambre avant de retrouver du travail, écoutant en boucle des chansons d'amour tristes. Jusqu'à ce qu'elle découvre qu'elle était enceinte et soit *forcée* de cesser de s'apitoyer sur son sort et de se ressaisir.

Un simulacre de mariage destiné à satisfaire son grand-père serait parfait, conclut Winnie. Ensuite, Eros ne pourrait plus les menacer, elle et ses sœurs, parce qu'elles seraient soutenues par Stam. Et finalement, il se retrouverait pris à son propre piège. Il n'aurait ni son épouse ni son fils avec lui et il l'aurait bien mérité ! Parce qu'il lui avait fait un chantage odieux pour la contraindre à l'épouser.

D'autre part, elle devait veiller sur Vivi et Zoe. C'était son rôle d'aînée. Quand on les avait séparées, elle n'avait pu les protéger. Mais à présent, Winnie était prête à tous les sacrifices pour les préserver d'un éventuel danger.

Quant à Eros, elle ne voulait plus rien avoir à faire avec lui, en effet. Après avoir autant souffert à cause de lui, elle refusait de prendre le risque de connaître de nouveau la même souffrance. Par conséquent, elle ne pouvait envisager de vivre avec lui.

Sinon, elle succomberait immanquablement à la faiblesse. Et si elle n'y prenait garde, si elle ne *se* protégeait pas, elle courrait à sa perte, comme deux ans plus tôt.

D'autant plus que désormais elle n'était plus seule en cause. Il y avait aussi Teddy. Et elle ne laisserait *personne* faire du mal à son fils.

5.

Eros savait pertinemment que son futur grand-père par alliance le méprisait pour avoir fait de sa petite-fille une mère célibataire. Aussi, dès que Winnie l'appela pour lui annoncer d'une voix posée qu'après avoir bien réfléchi elle *acceptait* de l'épouser, il commença aussitôt à mettre en place un dispositif de sécurité renforcé, mesure à laquelle il n'aurait jamais pensé devoir recourir un jour.

Mais Stamboulas Fotakis était un individu dangereux et Eros n'avait pas l'intention de se laisser manipuler par quiconque. Aussi Stam devrait-il se contenter de lui avoir causé un choc en lui apprenant l'existence de son fils lors de leur première entrevue. Ce serait sa seule victoire dans le jeu pervers qu'il avait commencé. Eros ne permettrait pas que Winnie et Teddy pâtissent du conflit qui l'opposait à Fotakis. Ni qu'ils subissent l'influence délétère d'un homme vieillissant retors et rancunier. Ce dernier devrait le comprendre et l'accepter.

Lorsque Winnie annonça timidement à John et Liz qu'elle allait épouser le père de Teddy, ceux-ci approuvèrent sa décision avec chaleur et enthousiasme. Elle ne leur avait jamais dit qu'Eros avait été marié au moment de leur liaison. Étant bien sûr au courant de cette « omission », Vivi la regarda en roulant des yeux tout en continuant à bavarder avec l'un des ados placés actuellement chez

John et Liz. Quant à Zoe, elle s'était réfugiée à la cuisine où elle s'affairait dans l'espoir de passer inaperçue.

— De nos jours, vous jeunes parents devez trouver le mariage démodé, dit Liz en serrant la main de Winnie dans la sienne. Mais moi, je suis très contente ! Pour les gens de ma génération, le mariage est une garantie de sécurité.

Un grand sourire illumina son visage rond.

— Et je ne disais pas ça pour vous critiquer, bien sûr…

Winnie la prit dans ses bras et l'embrassa sur les deux joues.

— Non, je sais bien…

John hocha la tête en souriant et ajouta tranquillement que cela ferait du bien à Teddy de vivre avec son père.

À ces mots, Winnie éprouva un horrible sentiment de culpabilité à la perspective de quitter Eros aussitôt après le mariage pour repartir avec son fils. Teddy ne vivrait pas avec son père. Il ne le verrait que de temps en temps. Or Winnie détestait le mensonge et la dissimulation. Eros désirait qu'elle et Teddy vivent avec lui – et elle le savait quand elle avait accepté de l'épouser.

Mais d'un autre côté, la perspective de vivre avec lui la terrifiait. Parce que, en partageant le quotidien d'Eros, son intimité, elle redeviendrait aussi vulnérable que deux ans plus tôt et finirait à coup sûr par avoir le cœur brisé.

Au fond, elle avait cédé à Eros par lâcheté. Pour contenter tout le monde. Faire plaisir à son grand-père, permettre à John et Liz de garder leur maison, protéger ses sœurs… Et le seul moyen d'y parvenir, c'était de l'épouser.

Aussi le quitterait-elle après les noces. Son grand-père et ses sœurs seraient contents et de son côté, elle ne courrait pas le risque de perdre son intégrité en restant avec lui. Eros serait le seul perdant, dans l'histoire. Mais comme elle ne pouvait pas croire qu'il désire vraiment l'épouser, Winnie était convaincue qu'il verrait vite l'avantage de retrouver sa liberté aussitôt après l'avoir perdue.

Stam l'appela au moment où elle rentrait à la maison

et lui annonça avec bonne humeur qu'il avait transféré sur son compte de quoi couvrir les frais des *babioles* dont elle et ses sœurs auraient besoin pour le mariage.

— Occupe-toi de cela, conclut-il. Je me charge du reste.

Conscient de contrecarrer les projets de Fotakis, Eros lui passa un coup de fil pour l'informer que le mariage aurait lieu sur l'île parce que c'était là que ses ancêtres avaient célébré leurs noces.

Retenant manifestement son irritation à grand-peine, le grand-père de Winnie n'avait néanmoins pas pu lui refuser le droit de se marier sur l'île qu'il avait déjà promis de restituer à son futur petit-fils par alliance.

Ce détail réglé, Eros retourna en Grèce et de là, prit l'hélicoptère pour Trilis, où aucun Nevrakis n'avait mis les pieds depuis plus de trente ans.

Même à l'époque où ses parents vivaient encore ensemble, ils ne s'y rendaient pas parce que son père préférait de loin la vie citadine. La maison avait été rénovée dans les années 1980 et depuis lors, elle avait été entretenue avec soin, constata Eros, soulagé. La propriété était prête à accueillir des occupants et constituerait le cadre idéal pour un mariage.

Rassuré sur ce point, il grimpa jusqu'au sommet de la falaise et contempla la mer où se reflétaient les ors et les roses pourpres du soleil couchant, se réjouissant de faire bientôt admirer ce spectacle magnifique à son fils et à sa femme. Winnie ne soupçonnait pas que son grand-père avait l'intention de les remmener avec lui, elle et Teddy, le jour même de leur mariage. Mais Eros en était certain. Fotakis avait commis une erreur en insistant, le jour de leur première rencontre, sur le fait que ni Winnie ni Teddy n'avaient besoin de lui. Eros avait flairé le piège et réagi en conséquence.

Pas Winnie. À l'inverse des autres femmes qu'il avait connues, manigances et manipulations lui étaient totalement étrangères. Elle n'avait pas hérité des travers de son aïeul, dieu merci !

Fotakis avait déjà fait preuve d'un comportement à peu près similaire en refusant autrefois d'accepter l'épouse choisie par son fils aîné. Il avait préféré se brouiller avec la chair de sa chair.

Par conséquent, Eros savait à quel genre d'individu il avait affaire. Un homme fier de son nom et de sa position, et nullement disposé à le laisser entrer dans sa famille.

Ni Vivi ni Zoe n'écoutèrent Winnie lorsqu'elle voulut les exhorter à faire le minimum de frais en vue du mariage. Même Zoe éclata de rire, lui rappelant qu'il s'agissait d'une cérémonie très attendue et que leur grand-père n'apprécierait pas de voir sa petite-fille porter une robe de mariée ayant l'air d'avoir été achetée en soldes dans un magasin de prêt-à-porter de seconde zone.

En fin de compte, Winnie elle-même se laissa étourdir par l'expérience qui l'amena à découvrir un univers totalement inconnu : celui des boutiques de mariées de luxe. Fascinée par la beauté et le raffinement des robes et accessoires, présentées patiemment par deux vendeuses ultra-sophistiquées, elle réalisa avec stupeur qu'elle allait acheter des articles dont le prix équivalait à plusieurs mois de salaire.

Lorsque son portable sonna aux environs de midi, ce fut Zoe qui répondit parce que de son côté Winnie était en train de plonger, avec l'aide des deux vendeuses, dans un océan de dentelle et de tulle blancs.

— C'est Eros, dit Zoe en lui tendant l'appareil.

— On déjeune ensemble ? demanda bientôt celui-ci d'un ton enjoué.

— Euh…

Winnie se regarda dans l'immense miroir et fronça les sourcils en rosissant. Non, ce n'était pas encore la bonne… Cette robe était trop fantaisie, trop chargée.

— Ce n'est pas vraiment le moment, dit-elle en détournant les yeux de son reflet. Je suis en train d'essayer des robes de mariée.

— Je t'invite à dîner, alors, répliqua Eros avec son arrogance habituelle.

— Non, je…

Comment refuser sans se montrer grossière ?

— Je ne t'ai pas vue depuis que tu as accepté de m'épouser, lui rappela-t-il. Chercherais-tu à m'éviter ?

Paniquée, Winnie se força à respirer avec calme.

— Non, pas du tout. D'accord pour ce soir. À quelle heure ?

Après avoir repris et rangé le portable, Zoe la regarda d'un air interrogateur.

— Je dîne avec lui ce soir, murmura Winnie.

— Prépare-toi bien à jouer ton rôle, lui conseilla Vivi. Il veut te voir pour mettre au point des détails concernant la cérémonie, le buffet, ce genre de choses… C'est normal.

— Je suppose…, acquiesça Winnie à contrecœur.

— Cette robe ne te va pas. Tu ressembles à une ballerine qui va se mettre à pirouetter dans sa boule de neige, chuchota Vivi, la faisant rire malgré elle.

Mais elle eut du mal à retrouver la légèreté et l'émerveillement ressentis jusqu'à l'appel d'Eros. À quoi bon se préoccuper de son allure puisqu'il s'agissait d'une comédie ? Elle choisit néanmoins une robe qui lui plaisait, et dont la coupe sobre mais très élégante escamotait un peu ses rondeurs – et dans laquelle elle se sentirait plus à l'aise pour affronter les nombreux invités conviés par Stam et Eros.

Ce soir-là, Winnie emprunta une robe noire toute simple et des chaussures à hauts talons à Zoe, sa propre garde-robe ne contenant aucune tenue appropriée à un dîner au restaurant avec Eros.

— On dirait que tu vas à un enterrement ! s'exclama Vivi. Cette robe est trop longue, informe…

— Elle conviendra parfaitement, l'interrompit Winnie avec impatience.

— Ne fais pas attention à mes remarques, surtout, répliqua sa sœur en haussant les sourcils. Mais n'oublie pas que tu es censée jouer le rôle de l'heureuse fiancée…

— Je me sens tout sauf heureuse, reconnut Winnie avec un soupir.

— Ce type ne récoltera que ce qu'il mérite ! déclara Vivi d'un ton vengeur.

— On ne répare pas une injustice avec une autre, fit remarquer Zoe.

Elle serra brièvement la main de Winnie.

— Qui sait… Tu vas peut-être lui accorder une seconde chance, finalement…

— Tu n'as rien de mieux à lui dire ? l'interrompit Vivi. Ce qui intéresse Eros, c'est son fils, pas Winnie !

Accablée, Winnie courba les épaules. Ainsi, *même* ses sœurs avaient compris cela…

— Pardon, murmura Vivi. Mais que veux-tu qu'on pense d'autre ? Une fois divorcé, il n'a rien fait pour te retrouver alors qu'il était libre, non ?

— Non, c'est vrai, reconnut Winnie d'une voix mal assurée.

Elle se détestait de ne pas réussir à regarder la vérité en face sans souffrir. Qu'est-ce que ça pouvait bien faire qu'au fond Eros ne veuille pas d'elle, puisque ce mariage serait factice ? Elle avait aimé Eros mais lui ne l'avait jamais aimée. Ce genre d'histoire arrivait tous les jours. Des tas de femmes tombaient amoureuses d'un type qui ne faisait que se servir d'elles et en avaient le cœur brisé. C'était d'une banalité à pleurer.

— Il se sentait peut-être coupable, murmura Zoe. Après son divorce, il ne s'autorisait peut-être pas à être heureux.

— Oh… toi ! s'exclama Vivi en levant les yeux au ciel. Tu trouverais un bon côté aux pires catastrophes !

Ces échanges n'aidèrent pas vraiment Winnie à envisager sereinement son dîner avec Eros. Elle restait trop sensible à la souffrance qu'il lui avait causée autrefois et ne supportait toujours pas que l'on parle de cette lamentable histoire devant elle. Mais ses sœurs ayant été témoins de sa détresse et de son désespoir, il était compréhensible qu'elles y fassent allusion.

Heureusement, elle avait avancé, depuis, et tourné la page *complètement*, se répéta Winnie.

Cette certitude ne lui fut d'aucun secours lorsqu'elle s'avança vers la limousine venue la chercher et vit Eros, debout à côté de la portière ouverte et discutant avec l'un des agents de sécurité dépêchés par son grand-père.

Dans ce smoking et ce pantalon noir étroit, il dégageait une telle aura d'élégance et de virilité, un tel charisme, qu'elle en eut le souffle coupé.

Elle le revit arriver un vendredi soir à la maison de campagne, très tard, après avoir participé à un dîner d'affaires auquel il n'avait pu se dérober.

Refoulant le flot de souvenirs brûlants qui la submergeait, Winnie s'installa à l'arrière du véhicule. Mais elle ne put s'empêcher de repenser à la folle étreinte de ce soir-là, sur le sofa du salon. Eros lui avait fait l'amour avec unc intensité frôlant le désespoir qui l'avait d'abord choquée, puis ravie. Quelle incorrigible idiote ! Elle avait pris son attitude pour un aveu, confondant sans cesse plaisir et sentiments…

Eros s'assit à côté de Winnie et la regarda avec attention.

— Quelque chose ne va pas ? demanda-t-il en fronçant les sourcils.

— Non, tout va très bien ! protesta-t-elle, encore plus crispée. Je suis un peu fatiguée par tous ces préparatifs, ces achats, c'est tout.

— Je pensais que toutes les femmes raffolaient de ce genre d'effervescence, reconnut-il, sincère.

— Eh bien, je suis sans doute une exception, répliqua-t-elle sans le regarder.

— La cérémonie ne durera pas longtemps, dit-il pour la rassurer.

Tout en s'efforçant de ne pas repenser à l'atmosphère de folie qui avait entouré les préparatifs de son premier mariage.

— Nous nous marierons la semaine prochaine, à Trilis.

— Trilis ? Où est-ce ?

— En Grèce. C'est une île privée où mes ancêtres se sont lancés autrefois dans la culture et l'exploitation des oliviers. Ils ont aussi tenu un petit hôtel.

— Je croyais que la cérémonie aurait lieu sur le continent, à proximité de chez grand-père.

— Les membres de ma famille se sont tous mariés sur cette île, répliqua Eros d'une voix douce.

La voyant déglutir avec effort, il se demanda si elle ignorait vraiment les projets de Fotakis. À moins qu'elle ne soit inquiète à la perspective de se retrouver seule avec son mari, et Teddy bien sûr, sur une île perdue au large de la Grèce.

En tout cas, elle garda le silence jusqu'à l'arrivée au restaurant chic où il avait réservé une table.

De toute façon, qu'elle soit au courant ou non des manœuvres de son grand-père, cela ne changeait rien. Eros n'avait pas lésiné et pris toutes les mesures nécessaires pour déjouer la moindre tentative de contrecarrer ses propres projets.

Winnie regarda autour d'elle en s'efforçant de ne pas montrer son appréhension. Jamais encore elle n'avait mis les pieds dans un endroit aussi luxueux…

Durant le trajet, elle s'était sentie encore plus déstabilisée en apprenant que le mariage aurait lieu sur une île privée. Mais Stam avait dû songer à cette éventualité et prendre ses dispositions en conséquence. Il avait dû penser à *toutes* les possibilités et organiser leur départ dans les moindres détails, quel que soit le lieu des festivités.

Mais cela ne l'empêchait pas d'être taraudée par la culpabilité. Eros envisageait un mariage bien réel, une union librement consentie de part et d'autre. Comme s'il s'agissait d'un mariage d'amour et non d'un simple arrangement.

Puis elle s'était rappelé qu'il l'avait menacée de nuire à ses sœurs et elle avait décidé qu'il ne méritait pas qu'elle se sente coupable envers lui. Pourquoi l'aurait-elle ménagé alors que, comme autrefois, il prenait ce qu'il voulait sans se soucier des conséquences ?

Stam les avait déjà beaucoup aidées, elle et ses sœurs, aussi lui devait-elle reconnaissance et loyauté. D'autre part, Winnie pressentait d'instinct qu'elle devait choisir avant tout sa famille. Et, qui sait ? Peut-être même parviendrait-elle à réaliser son rêve de construire une relation plus affectueuse avec son grand-père.

Quant à Eros, il se remettrait vite de sa déconvenue. Et il ne resterait pas longtemps seul, à en juger par les regards de convoitise dardés sur lui tandis que le maître d'hôtel les conduisait à leur table. Comment Eros aurait-il pu être attiré par elle alors que ces femmes superbes le dévoraient littéralement des yeux ? Il n'aurait sans doute qu'un geste à faire pour les voir tomber toutes à ses pieds.

Lorsqu'elle se retrouva dans l'intimité d'un petit salon privé capitonné de velours rouge, Winnie regretta néanmoins l'atmosphère de la salle principale où Eros n'aurait pu se concentrer sur elle.

Tandis que là, dans ce cadre romantique au charme raffiné, éclairé par des bougies blanches et dorées, elle ne pouvait échapper au regard perçant d'Eros. Et quand il lui tendit le menu et que les longs doigts effleurèrent sa main, elle fut parcourue tout entière par un frisson délicieux.

La lumière des bougies éclairait les beaux yeux aux épais cils noirs, faisant ressortir leur nuance émeraude. Envoûtée malgré elle, Winnie ne pouvait détacher le regard du visage viril aux traits sculptés.

Eros paraissait tout à fait détendu alors qu'elle-même se sentait affreusement crispée. Ce qui n'empêchait pas son corps de réagir à la caresse des yeux verts. Ses seins s'épanouissaient en dépit de sa détermination à rester insensible à la proximité de cet homme superbe.

— Tu es bien silencieuse, ce soir, dit-il de la même voix insupportablement douce. Autrefois, tu m'attirais à cause de cela. J'étais las des défis à assumer.

— Autrement dit, me séduire t'a reposé ! répliqua Winnie avec une pointe d'ironie.

— Lorsque je t'ai rencontrée, j'avais besoin d'autre chose, reconnut-il en baissant un instant les yeux.

Avait-il des problèmes avec sa femme ? se demanda-t-elle, surprise par ce qui ressemblait fort à un aveu. Tasha avait dû découvrir l'infidélité de son mari. Pourtant, elle n'avait rien manifesté de particulier en trouvant Winnie installée dans la maison de campagne. Elle l'avait prise pour une simple employée, ce qui était tout à fait compréhensible puisque Winnie s'était aussitôt comportée comme telle.

La mort dans l'âme, elle avait cuisiné pour la femme de son amant, se traitant d'imbécile de n'avoir rien soupçonné et d'avoir couché avec un homme marié. La beauté de Tasha n'avait rien arrangé. L'épouse d'Eros était en effet une magnifique blonde aux grands yeux bleus, au corps mince et souple débordant d'énergie et à la personnalité affirmée. En outre, elle avait passé coup de fil sur coup de fil, dans plusieurs langues qu'elle semblait manier à la perfection.

Belle, intelligente et sûre d'elle – tout ce que Winnie n'était pas.

Le cœur en miettes, elle avait fait ses bagages le soir même et quitté la maison, emplie de honte et de regrets.

— Nous ferons en sorte que ce mariage fonctionne, déclara soudain Eros avec assurance. Il le faut, pour Teddy.

Une sensation de froid envahit Winnie. Bien sûr, pour Teddy. Elle ne devait pas oublier que seul son fils l'intéressait. Qu'il l'épousait uniquement parce qu'il avait compris que Teddy ne pouvait vivre sans sa mère.

Elle mangea l'entrée du bout des lèvres alors que le chef était de toute évidence un artiste. En réalité, elle songeait à son fils, parfaitement heureux avec elle et ses tantes. Cependant il grandirait vite, comme tous les enfants, et ses besoins se développeraient, devenant de plus en plus complexes. Mais Eros viendrait régulièrement le voir, si bien que Teddy apprendrait à l'apprécier et à l'aimer. Par conséquent, tout irait bien, se rassura-t-elle en reposant sa fourchette.

— C'est très important pour moi, reprit Eros en scrutant son regard. Pourquoi ai-je l'impression que tu ne m'écoutes pas ?

Winnie feignit d'étouffer un bâillement.

— Excuse-moi. Je suis très fatiguée…

Ce serait bien la première fois qu'une femme s'endormirait en face de lui, songea Eros, agacé et exaspéré par le silence de sa fiancée et son refus de faire le moindre effort. Pourquoi cette attitude ? Cette Winnie n'était pas celle qu'il connaissait. Ou qu'il avait cru connaître. Après l'avoir quitté sans prévenir, elle avait porté son enfant et l'avait mis au monde seule, se rappela-t-il. Elle avait dû se battre pour survivre et ces épreuves l'avaient forcément changée. Mais une fois mariés, ils devraient laisser le passé derrière eux et se concentrer sur le présent. Le sexe leur permettrait-il de faire la transition entre les deux ? Personnellement, il brûlait de retrouver l'amante passionnée d'autrefois. De goûter à nouveau à son corps délectable, de la faire jouir encore et encore, de la prendre de toutes les façons possibles et imaginables…

Car de ce côté-là, elle n'avait pas changé, Eros en était certain. Lui non plus, d'ailleurs. La même soif de la posséder le ravageait. La même passion le consumait. Il n'avait jamais compris ni accepté l'intensité des émotions qu'elle suscitait en lui. Le pouvoir qu'elle exerçait sur lui le dérangeait et l'irritait, l'atteignant dans son orgueil. Eros se méfiait de tout ce qui échappait à son contrôle. Il avait eu beau essayer de s'analyser, de se libérer de l'emprise qu'elle exerçait sur lui, il n'avait jamais réussi à retrouver son ancien moi. Celui qui demeurait maître de lui-même en toutes circonstances.

Et il se voyait forcé de reconnaître maintenant que, même dans cette robe noire informe ne révélant rien des courbes affolantes qu'il connaissait si bien, il lui aurait suffi d'un signe d'encouragement infime de la part de Winnie pour qu'il l'allonge là, sur la table, et la prenne avec passion.

6.

— Tu es *sublime*, soupira Vivi.

Winnie tourna sur elle-même devant le grand miroir en pied incorporé à la paroi de la luxueuse cabine.

La coupe de la robe en organza et dentelle de Venise mettait ses rondeurs en valeur sans les exhiber. Winnie aimait particulièrement les minuscules boutons de nacre descendant sur son dos jusqu'aux reins.

— Nous sommes belles toutes les trois, mais tu es vraiment magnifique, c'est vrai, Winnie, renchérit Zoe avec chaleur. J'ai l'impression de rêver… Nous nous trouvons à bord d'un yacht fabuleux qui nous emmène sur une île privée où va être célébré ton mariage… C'est comme un conte de fées !

— Je me demande si tu seras aussi euphorique le jour de *ton* mariage, dit Vivi en plissant le front.

— Pas la peine de nous tracasser avec ça. Grand-père nous enlèvera avant même que nous ayons le temps de nous inquiéter pour la suite, répliqua Zoe avec confiance.

De toute évidence, elle restait persuadée que Stam avait le pouvoir d'accomplir des miracles.

— Eros a transformé l'île en zone d'exclusion aérienne pour empêcher les paparazzis d'épier le mariage depuis le ciel, poursuivit-elle. Et du coup, grand-père a dû changer ses plans et emprunter cet énorme yacht à l'un de ses amis.

— Oui, il a eu vite fait de retomber sur ses pieds, comme d'habitude, acquiesça Winnie en observant son reflet.

Le cœur lui battait si vite, elle se sentait si nerveuse, qu'elle avait l'impression d'être une bombe à retardement.

— Zolie, maman, dit Teddy en tirant sur sa robe pour attirer son attention.

— Zolie ? C'est un nouveau mot. Je me demande où il l'a appris, celui-là, dit Vivi en se penchant pour soulever son neveu dans ses bras. Non, tu n'as pas le droit de toucher la belle robe blanche de maman, mais moi je porte du noir, alors tu peux tirer sur la mienne autant que tu voudras, et celle de tante Zoe aussi !

Sur ces paroles, Vivi le prit par les aisselles et le fit tourner dans les airs en pivotant sur elle-même, au grand ravissement de Teddy qui poussait des cris de joie. Puis elle le laissa tomber sur le lit immense avant de le chatouiller en riant, tandis que le petit garçon gloussait de plaisir.

De son côté, Winnie se mit à faire les cent pas dans la spacieuse cabine. Eros était venu voir Teddy deux fois, mais elle-même ne l'avait pas revu depuis le dîner tendu au restaurant. Ces jours-ci, elle travaillait car, en dépit des protestations indignées de Stam et d'Eros, elle avait tenu à faire son préavis afin de permettre au propriétaire du restaurant de lui trouver un remplaçant ou une remplaçante.

Son appréhension redoubla quand le yacht ralentit de façon perceptible avant d'entrer dans le port et de s'avancer en direction du quai.

Concernant le retour à Athènes, Winnie et ses sœurs avaient déjà reçu leurs instructions. Il leur suffirait de s'éclipser pour regagner le petit port où le yacht les attendrait. Teddy y serait conduit séparément.

— Pourquoi ne pas partir après le passage à l'église ? avait-elle demandé à son grand-père. Ce serait plus facile, non ?

La réponse de Stam l'avait perturbée.

— Je veux que mes invités et ceux de Nevrakis le voient réparer ses torts avant d'être abandonné par sa femme le jour même de son mariage ! avait-il déclaré en bombant le torse.

Winnie avait senti la nausée lui monter aux lèvres, parce que, aussi étrange que cela puisse paraître, cet aspect des plans de son grand-père lui avait échappé. Et depuis qu'elle en avait pris conscience, elle n'arrêtait pas de penser à ce qu'Eros ressentirait en s'apercevant de la disparition de sa femme et de son fils. Il serait fou furieux, mais pas seulement.

La perspective de l'humilier publiquement, devant tous les invités, lui répugnait et l'emplissait de honte. Non seulement elle n'avait jamais éprouvé le moindre désir de vengeance, mais elle ne souhaitait pas faire de mal à Eros parce qu'il était le père de son fils, et que l'offenser et l'humilier ne ferait que détériorer leur relation, déjà compliquée et tendue. Pourquoi n'y avait-elle pas pensé plus tôt ? Il était trop tard, à présent, se dit-elle avec tristesse. Avant de se rappeler aussitôt l'attitude brutale, impardonnable, avec laquelle Eros avait menacé de s'en prendre à ses sœurs.

Il ne se laisserait pas abattre, se raisonna-t-elle, refoulant les doutes qui l'assaillaient. Il n'abandonnerait pas Teddy mais il comprendrait qu'il avait perdu tout pouvoir sur elle et ses sœurs. C'était le plus important. Et de toute façon, elle n'avait pas le choix, pas plus que ses sœurs. Elles devaient sauver la maison des deux personnes qui les avaient aidées et soutenues au moment où elles en avaient cruellement besoin. John et Liz méritaient de vivre tranquilles chez eux, sans plus avoir à se soucier d'hypothèques ou de remboursements.

La certitude de les libérer de leurs problèmes financiers n'empêchait pas Winnie d'être triste qu'ils n'assistent pas à son mariage, et elle savait qu'ils avaient été déçus de ne pas pouvoir s'absenter, retenus à la maison par les enfants dont ils s'occupaient. D'autre part, Winnie ne pouvait pas leur avouer qu'il ne s'agissait pas d'un vrai mariage et ce demi-mensonge pesait très lourd sur sa conscience.

Stam apparut soudain à l'entrée de la cabine, ultra-élégant dans la traditionnelle jaquette noire sur une chemise d'un blanc immaculé et une cravate bleu ciel.

— Il est temps d'y aller, dit-il avec un sourire satisfait. Tu es ravissante, Winnie. Nevrakis sera fort déçu quand il se rendra compte que vous lui avez échappé, toi et son fils.

Winnie eut l'impression de manquer d'oxygène.

— Eros est résistant, répliqua-t-elle d'un ton neutre. Il en a vu d'autres et s'en remettra.

— Toi aussi, tu es forte, lui murmura Vivi, tout en veillant à ce que la robe blanche n'effleure aucune surface risquant de la souiller.

Après avoir débarqué sans encombre, ils s'avancèrent tous les cinq sur le quai en direction des deux voitures décorées de fleurs blanches et rose clair qui les attendaient, devant un parterre de curieux guettant leur arrivée. Winnie monta dans le premier véhicule avec Stam, ses sœurs et Teddy dans le second.

La poitrine nouée, elle s'efforça de sourire comme une mariée ravie lorsque son grand-père l'empressa de le faire. Chaque nouveau bouquet de fleurs entraperçu, chaque vœu lancé au passage, lui rappelaient qu'elle participait à une mascarade, pour ne pas dire une sinistre farce. Le trajet fut bref, les voitures s'arrêtant quelques centaines de mètres plus loin devant une adorable petite église en pierre surplombant la mer, et derrière laquelle un hameau tout blanc s'accrochait à flanc de colline.

— Il n'y aura pas beaucoup de témoins, dans une église aussi petite, se plaignit Stam à côté d'elle.

De son côté, Winnie était au contraire soulagée qu'il n'y ait pas grand monde.

Quelques personnes les attendaient devant le porche et lui adressèrent tous leurs vœux de bonheur en souriant.

Heureusement qu'elle avait ses sœurs à ses côtés ! Grâce à leur présence, elle se sentait plus forte et plus sûre d'elle.

À l'intérieur de la petite église sombre, des cierges

éclairaient les fresques murales illustrant la vie des saints et les superbes arrangements floraux. Mais Winnie n'eut pas le loisir de les admirer. Son regard se focalisa malgré elle sur l'homme immobile à l'extrémité de l'allée.

Quand il se retourna, la lumière des cierges aviva l'éclat émeraude des beaux yeux, tandis que la délicieuse chaleur se déployait dans tout le corps de Winnie. La jaquette de son grand-père accentuait sa petite taille et son corps un peu trapu, mais celle d'Eros ne faisait que renforcer sa beauté mâle et sa silhouette d'athlète, les larges épaules, les hanches étroites, les longues jambes…

— Ta robe est magnifique et toi aussi, murmura-t-il quand ils se retournèrent tous deux vers le prêtre orthodoxe.

Le rituel qui s'ensuivit permit à Winnie de se ressaisir mais elle eut beau se concentrer, elle ne comprit qu'un mot par-ci par-là. Eros prit l'alliance – un anneau de platine finement ouvragé – et la lui glissa au doigt. C'était fait. Elle était la femme de celui qu'elle avait jadis aimé à la folie. Ses yeux s'embuèrent soudain, l'obligeant à cligner des paupières pour refouler les larmes importunes.

— *Papa* !

Teddy, que Zoe tenait par la main, réussit à se dégager et se précipita vers Eros tandis que Winnie et lui redescendaient l'allée.

Ce simple petit mot, ouvertement adressé à Eros, ébranla Winnie jusqu'au tréfonds de son être. C'était la réalité, se rappela-t-elle en contrôlant sa respiration, et rien n'y pourrait jamais rien changer. Déjà avant ce mariage, elle était liée pour la vie à l'homme qu'elle méprisait. Par un lien indéfectible. Teddy.

Oui, Eros était indiscutablement le *papa* de Teddy, mais il n'était pas pour autant quelqu'un de bien. Aussi n'avait-elle *aucune* raison de se sentir coupable vis-à-vis de lui. Il n'aurait que ce qu'il méritait, se répéta Winnie pour la énième fois.

À en juger par la tension qui raidissait ses belles épaules rondes, sa femme n'appréciait guère d'être le point de mire, constata Eros en l'observant à la dérobée. Ce mariage était si différent du premier !

Ni lui ni Tasha n'étaient responsables de l'échec de leur union, pour la bonne raison que l'issue de ce mariage avait paru inévitable dès le premier jour de ce qui n'était au fond qu'un arrangement.

Il avait néanmoins fait de son mieux pour que lui et Tasha vivent le mieux possible cette situation bancale. Il avait accompli son devoir pendant des années, luttant contre son égoïsme, s'efforçant d'être un homme droit et honorable. Même quand le simple fait de sauver les apparences relevait du défi.

Désormais, il ne s'en voulait plus d'avoir failli, en partie, à sa promesse. Personne n'était parfait. Mais, phénomène troublant, Winnie lui faisait maintenant payer le prix de son erreur passée. C'était à cause de cela qu'il supportait avec calme le mépris affiché de Fotakis à son égard. Parce que, à sa place, Eros aurait sans doute réagi comme lui.

Lorsque sa mère remonta en voiture, Teddy se mit à protester à grands cris parce que Eros l'installait dans son siège pour enfant.

— Tu as pensé à tout, dit Winnie d'un ton détaché.

— C'est normal que nous emmenions notre fils, non ? répliqua-t-il en se redressant.

Un peu plus tard, alors que le véhicule s'engageait sur la route conduisant à la propriété, Winnie se pencha en avant et se tordit le cou pour voir le sommet de la colline.

— Depuis combien de temps ta famille vit-elle ici ?

Inutile de lui dire qu'il venait seulement de récupérer l'île grâce à leur mariage. À quoi bon ? Cela ne ferait que renforcer sa méfiance vis-à-vis de lui et de ses motivations. Elle finirait bien par l'apprendre tôt ou tard, de toute façon, et il gérerait la situation à ce moment-là.

— Il y a d'abord eu la ferme de mon arrière-grand-père, celui qui s'est lancé dans la culture des oliviers. Plus tard, elle a été transformée en hôtel. Mon grand-père a fait raser la bâtisse et l'a reconstruite à son idée. À sa mort, mon père a fait la même chose, alors qu'il n'avait pas l'intention de vivre sur l'île.

Winnie tourna la tête vers lui en haussant les sourcils.

— Il a fait construire une maison qu'il ne comptait pas habiter ? Comment a-t-il pu…

— Je pense que c'est un mélange d'orgueil familial et d'un penchant inné pour l'extravagance qui l'a poussé à dilapider son héritage de cette façon alors qu'il trouvait la vie insulaire ennuyeuse. Trilis n'est pas minuscule, mais il n'y trouvait pas l'effervescence qu'il appréciait à Athènes.

— Si je comprends bien, tu n'as pas grandi ici ? demanda-t-elle avec curiosité.

— Non, j'ai grandi dans un appartement, à Athènes, et presque exclusivement avec ma mère. Elle est décédée elle aussi, dit-il d'un ton neutre. Ainsi que mes grands-parents des deux côtés. Il n'y a plus que moi et Teddy, et maintenant toi, dans la famille Nevrakis. J'ai bien quelques cousins éloignés que j'ai conviés à la réception, mais aucun parent proche. Je suis étonné que tu n'aies pas invité le couple qui vous a élevées, toi et tes sœurs.

Se sentant rosir, Winnie expliqua qu'il aurait été difficile à John et Liz de quitter leur maison, même pour un bref séjour.

Il tourna un instant la tête vers elle et la regarda en fronçant les sourcils.

— Tu les aimes beaucoup, pourtant, et je suis certain qu'ils auraient fait l'effort de venir.

— J'ai préféré ne pas les inviter par prudence, répliqua Winnie sans le regarder. John s'est bien remis de son infarctus, mais il doit faire attention.

À son grand soulagement, ils arrivèrent à destination et quittèrent le véhicule, suivis de près par Vivi et Zoe qui venaient elles aussi de descendre de voiture.

Elles contemplèrent toutes les trois la maison

gigantesque où le père d'Eros n'avait jamais envisagé d'habiter… Eros avait parlé à juste titre de penchant pour *l'extravagance*, songea Winnie en pénétrant dans un immense hall pavé de marbre où des employés les accueillirent avec chaleur, les bras chargés de plateaux en argent portant des boissons.

Stam s'arrêta à côté d'elle.

— Ça y est, c'est fait, dit-il avec un accent de triomphe. Tu portes enfin une alliance au doigt.

Au même instant, Eros lui tendit la main, manifestement désireux de la présenter à des invités qui venaient d'arriver. L'heure suivante se passa en présentations et bavardages, jusqu'à ce que Teddy, affamé et épuisé, commence à pleurnicher.

— J'ai pris la liberté d'embaucher une nounou pour la journée, murmura Eros, la surprenant de nouveau. Teddy pourra ainsi déjeuner de bonne heure et faire la sieste pendant que nous nous occupons des invités.

Impossible de contester une décision aussi raisonnable, surtout que la jeune femme souriante à l'air bienveillant qui s'avançait vers eux ne ressemblait en rien à la nounou, sans doute efficace mais froide, qui avait accompagné Eros et Teddy au zoo de Londres. Agathe sut gagner rapidement la confiance du petit garçon qui, rassuré en outre par la présence de sa tante Zoe, accepta sans protester d'être emmené à l'étage.

Après son départ, Eros entraîna Winnie vers une vaste salle de réception entourée de gracieuses colonnes de marbre et remplie de chaises et de tables.

— Je m'attendais à ce que la réception ait lieu à l'extérieur, avoua-t-elle. J'imaginais une tente marquise, ou un kiosque…

— Non, mon père a la folie des grandeurs et il a fait en sorte que la maison et les diverses annexes occupent quasiment tout le terrain, répliqua-t-il, l'air amusé. Folie qui explique, entre autres, qu'il ait fini ruiné.

Une fois arrivée à la table d'honneur, Winnie contempla

la vue extraordinaire sur la mer et l'île qui s'offrait à ses yeux, à travers l'immense baie vitrée occupant tout un côté de la salle de réception, plusieurs portes-fenêtres ouvrant sur une vaste terrasse couverte.

Apercevant au loin le yacht emprunté par son grand-père et qui paraissait presque monstrueux dans le petit port, elle sentit sa poitrine se contracter de nouveau, si fort qu'elle eut du mal à respirer.

Tout à l'heure, elle monterait à bord de ce yacht avec Teddy et ses sœurs, et son mariage ne serait plus qu'un mauvais rêve qui s'effacerait peu à peu de ses souvenirs.

Eros lui effleura le dos du bout des doigts, la faisant tressaillir tout entière. De désir pur. Winnie leva les yeux vers lui, le regarda par-dessous ses cils… Eros laissa échapper une plainte étouffée avant de l'enlacer et de la serrer contre lui.

Prise au dépourvu, elle resta pétrifiée dans ses bras, mais lorsque les lèvres douces et fermes se refermèrent sur les siennes, que la langue d'Eros força le barrage et explora sa bouche avec fièvre, Winnie se mit à trembler, submergée par les sensations exquises qui se déployaient en elle. Jamais elle n'avait désiré Eros autant qu'à cet instant. Tout son corps réagissait. Son sexe palpitait, frémissait, réclamait…

Soudain, Eros écarta le visage du sien et la regarda, les yeux luminescents.

— J'ai envie de toi, dit-il d'une voix rauque.

Lui aussi tremblait de désir. De son côté, elle le désirait encore plus qu'autrefois, reconnut-elle de nouveau en se maudissant pour sa faiblesse. Mais il n'aurait servi à rien de le nier. L'attirance qui l'avait aveuglée deux ans plus tôt n'avait pas disparu, résistant à la raison, à l'orgueil, et même à la culpabilité. Elle avait honte de réagir ainsi. De devoir se raccrocher à la table pour ne pas perdre l'équilibre tant ses genoux tremblaient. Eros avait conservé le pouvoir de lui faire tout oublier alors qu'après l'avoir quitté elle s'était juré de ne plus jamais répéter une erreur aussi lamentable.

— Fais attention, on voit que tu es nerveuse, lui chuchota Vivi un peu plus tard.

— Je n'ai jamais été très douée pour la dissimulation, reconnut Winnie.

Une grande main chaude glissa sur ses reins, un bras musclé lui enserra la taille.

— C'est plutôt bon signe pour ma nuit de noces, lui murmura Eros à l'oreille.

La sensation des longs doigts refermés maintenant sur sa hanche, mêlée à la caresse de la voix mâle et sensuelle, exacerba sa nervosité. Elle avait à peine touché aux mets pourtant succulents et raffinés, se contentant de déplacer la nourriture sur son assiette pour donner l'illusion qu'elle mangeait, mais à présent, Winnie n'aurait pu avaler la moindre bouchée.

Elle se concentra sur la harpiste de renommée internationale qui interprétait d'envoûtantes mélodies du folklore grec, lorsque Stam attira son attention en redressant légèrement le menton dans sa direction. Un instant plus tard, ses sœurs se levèrent et lui dirent qu'elle avait besoin d'être recoiffée. Les épaules raides, Winnie se leva et les suivit.

Dès que la porte des toilettes se fut refermée sur elle, Vivi se tourna vers sa sœur aînée.

— Il suffit de sortir par-derrière et de traverser le jardin, dit-elle d'une voix tendue.

— Je ne peux pas partir sans Teddy ! s'exclama Winnie, horrifiée.

— Ne t'inquiète pas, les hommes de grand-père se chargent de l'emmener, la rassura Zoe.

Winnie se laissa entraîner à contrecœur. Elle détestait l'idée de s'enfuir en laissant son fils à l'étage. Mais, aussi nerveuses qu'elle, Vivi et Zoe la tenaient chacune par une main et franchirent rapidement la terrasse.

— C'est mal, ce que je fais, protesta-t-elle en traversant le jardin ensoleillé.

Il y régnait une atmosphère si paisible que leur escapade lui parut soudain ridicule, voire grand-guignolesque.

— Il faut qu'on accélère ! s'exclama Vivi avec impatience en la poussant pour lui faire passer la grille entrebâillée, située à l'arrière de la propriété.

Un 4x4 les attendait un peu plus loin, le moteur tournant au ralenti.

Averti par le chef de la sécurité, Eros observait les trois femmes, dissimulé à quelques pas de l'allée où était garé le 4x4. Lorsqu'il vit Winnie franchir la grille et s'avancer vers le véhicule, une rage formidable monta en lui, si intense que l'espace d'un instant sa vision se brouilla.

Sa femme le quittait.

À aucun moment il n'avait cru Winnie capable de commettre un acte aussi malhonnête. Après avoir prononcé ses vœux à l'église, elle lui faussait lâchement compagnie ! Il avait la preuve de sa duplicité sous les yeux. Dire qu'il l'avait crue différente des autres femmes ! Qu'il avait été séduit par sa franchise, son honnêteté ! Alors qu'en fait elle n'était qu'une menteuse de la pire espèce.

Lorsqu'elle embarqua enfin à bord du yacht, Winnie tremblait comme une feuille et son cœur battait si fort qu'elle avait l'impression qu'il allait exploser. Et quand son grand-père l'accueillit gaiement, elle se détourna avec colère.

— Et Teddy ? demanda-t-elle, presque agressive.

— Il sera ici dans environ trente secondes, affirma Stam avec assurance.

Mais le coupé gris métallisé qui longea bientôt le quai n'était pas le véhicule qu'il attendait. Eros en sortit, avec dans ses bras Teddy qui sanglotait, puis, avec un calme époustouflant, il s'appuya contre la carrosserie en berçant son fils dans ses bras.

— Mon Dieu…, murmura Winnie. Il sait tout…

Stam poussa un juron *très* grossier.

— Je reste, murmura-t-elle d'une voix rauque. Je ne partirai pas sans Teddy.

— Ne sois pas ridicule ! rétorqua son grand-père. Nous reviendrons le chercher. Nevrakis ne pourra pas le surveiller vingt-quatre heures sur vingt-quatre, ni le séparer de sa mère.

Winnie n'en était pas du tout convaincue. Elle contempla l'homme qu'elle avait épousé quelques heures plus tôt et qui, appuyé nonchalamment au capot du véhicule racé, gardait les yeux posés sur son fils.

Le message était clair. Il avait Teddy. Autrement dit, il détenait tous les atouts.

— Winnie, commença Stam en lui posant la main sur l'épaule. Écoute-moi…

— Non, l'interrompit-elle d'un ton brutal. J'ai eu tort de t'écouter jusqu'à présent. Si je ne retourne pas auprès d'Eros, il se battra jusqu'à ce qu'il ait obtenu la garde de Teddy et je ne prendrai pas le risque de perdre mon fils !

— Je ne le laisserai pas faire.

— Il s'est montré plus malin que toi et tu le hais. Je ne peux pas te faire confiance quand il s'agit de mon fils, grand-père. Je ne partirai pas avec vous.

— Mais tu ne peux pas rester ici ! protesta Vivi. Ce n'est pas ce qui était prévu !

— Winnie doit rester avec Teddy, intervint Zoe. Elle n'a pas le choix.

Quand elle monta dans la vedette qui allait la ramener à quai, Winnie vit Eros lui adresser un sourire victorieux.

Non seulement il avait déjoué les plans de Stam, mais il avait aussi gagné la partie contre elle.

Elle avait voulu lui tenir tête et le quitter lâchement, mais son mari venait de lui démontrer qu'il ne reculerait devant rien pour garder Teddy.

7.

— Et maintenant ? demanda Winnie d'une voix mal assurée en serrant son fils à moitié endormi contre sa poitrine.

Une voiture plus confortable était venue les chercher, elle et Teddy, et ils venaient de regagner la propriété, suivis de près par Eros, au volant de son coupé.

Un éclat farouche incendia les yeux verts.

— Maintenant, nous allons nous occuper de nos invités jusqu'à leur départ. Heureusement pour nous, ton grand-père n'est pas réputé pour sa convivialité. Personne ne sera surpris qu'il soit parti de bonne heure avec tes sœurs. Tu es allée au port pour les accompagner jusqu'au yacht, c'est tout.

L'intonation glacée de sa voix la fit tressaillir.

— Il faut que nous parlions.

— *Après* la réception, répliqua-t-il d'un ton tranchant. Je refuse d'étaler mes erreurs en public.

Ainsi, il reconnaissait déjà avoir commis une erreur en l'épousant, traduisit Winnie en déglutissant avec effort.

— Agathe vous attend à l'étage.

Sans dire un mot, elle traversa le hall immense, soulagée de n'y croiser personne, et se dirigea vers l'escalier.

Personne ne semblait s'être aperçu de rien, en effet, et l'après-midi s'acheva sans incident, mais ces quelques heures représentèrent une véritable épreuve pour Winnie.

À force de sourire, elle en avait mal aux joues. Par chance, Teddy s'entendait à merveille avec Agathe et il était d'excellente humeur. Apparemment, il ne gardait aucun souvenir de ce qui s'était passé en début d'après-midi.

Au fil de la soirée, une nouvelle inquiétude envahit Winnie. Les invités finiraient par partir les uns après les autres, et elle devrait rester seule avec Eros.

Lorsque quelqu'un s'étonna que les mariés n'aient pas encore dansé, Eros répliqua avec un naturel confondant que son épouse s'était récemment foulé la cheville et que celle-ci la faisait encore un peu souffrir.

Winnie allait ainsi de découverte en découverte concernant l'homme qu'elle avait épousé. Découvertes qui ne laissaient pas de la déstabiliser. Eros se révélait d'une agilité mentale et physique de loin supérieure à celle de son grand-père. Stam avait en effet eu du mal à dissimuler son hostilité durant le temps où il avait été présent. Tandis que, de façon machiavélique, Eros avait dissimulé ses soupçons et réussi, avec un sang-froid stupéfiant, à déjouer les plans de son adversaire.

Il les avait tous battus à plate couture, reconnut-elle avec irritation. Il l'avait laissée se ridiculiser, ne faisant rien pour empêcher sa fuite, certain que tant qu'il retiendrait leur fils, elle ne partirait pas. Eros s'était *servi* de Teddy contre elle et cela, elle ne le supportait pas.

Immobile à l'entrée de la nursery, Winnie écoutait les petits soupirs de Teddy qui sombrait peu à peu dans le sommeil, lorsque Eros apparut à côté d'elle. Ne l'ayant pas entendu approcher, elle tressaillit et s'écarta d'un pas.

— Redescendons au rez-de-chaussée, murmura-t-il d'un ton neutre.

Mais elle ne s'y trompa pas, il bouillait de colère rentrée, comme le confirma le regard glacial qui croisa le sien quand elle tourna les yeux vers lui.

— J'ai renvoyé le personnel pour la nuit, poursuivit-il. Ils feront le ménage demain. Mais Agathe reste pour s'occuper de Teddy, naturellement.

— Je peux très bien m'occuper de mon fils sans l'aide de quiconque, riposta sèchement Winnie.

— Vraiment ?

Déterminée à garder son calme, elle se détourna en silence et se dirigea vers l'escalier.

— N'étais-tu pas prête à sacrifier ma relation avec Teddy ? poursuivit Eros en lui emboîtant le pas. Sans te soucier de ce qu'il pourrait ressentir en se retrouvant séparé de son père !

Arrivée en bas des marches, elle s'avança de quelques pas dans le hall et fit brusquement volte-face.

— Non, je ne sacrifiais pas votre relation, se défendit-elle. Tu aurais pu le voir aussi souvent que tu l'aurais souhaité !

— Ton grand-père aurait tout fait pour m'en empêcher, répliqua Eros. Tu sais aussi bien que moi qu'il a décidé de m'exclure *complètement* de la vie de Teddy !

— Peut-être, mais je suis sa mère et je n'aurais jamais permis qu'il t'empêche de le voir, rétorqua Winnie en serrant les poings.

Il la foudroya du regard.

— Heureusement, tu n'es plus la seule à avoir la charge de notre fils.

À bout de patience, elle s'avança vers la salle de réception, franchit l'une des portes-fenêtres restée ouverte, et sortit sur la terrasse.

Eros la regarda disparaître. Pensait-elle qu'il avait déjà oublié qu'elle l'avait trompé de façon éhontée ? Qu'elle n'avait jamais eu l'intention d'être sa femme et l'avait lâchement abandonné ? Qu'elle avait tenté de le priver de son fils ?

Traversant à son tour l'immense salle maintenant déserte, il la rejoignit sur la terrasse, fou de rage.

— À présent, tu devras partager cette responsabilité avec moi.

— Je n'ai pas l'intention de partager quoi que ce soit avec toi ! rétorqua-t-elle par-dessus son épaule.

— Je te rappelle que tu es désormais coincée ici, lui fit-il remarquer d'un ton doucereux. Tant que je ne serai pas certain de pouvoir te faire confiance, tu ne quitteras pas cette île, ni seule ni avec Teddy.

Quand elle se retourna, livide, et le dévisagea d'un air incrédule, Eros perdit brusquement toute concentration. Il était fou de rage contre elle, mais il n'en demeurait pas moins un homme, et la vue des seins épanouis recouverts de dentelle blanche l'empêchait de réfléchir. Sa virilité réagissait sans ambiguïté, lui rappelant qu'il avait envisagé sa nuit de noces tout autrement.

Comme s'il savait ce qu'était une nuit de noces... Mais il ne revivrait pas la même chose qu'avec Tasha, épousée à cause d'une promesse faite à un mourant.

Lui et Winnie étaient unis par les liens du mariage et il refusait d'envisager un nouveau divorce. Ils devaient songer avant tout à Teddy, qui avait besoin d'être entouré de ses *deux* parents pour être heureux.

— Tu ne parles pas sérieusement ! s'exclama Winnie, scandalisée.

Il ne pouvait pas lui interdire de quitter l'île !

— Tu ne m'as pas laissé le choix, rétorqua Eros, péremptoire. Je ne suis pas stupide et je sais que ton grand-père saisira la première occasion de me séparer de toi et de Teddy !

Une fois de plus, il avait raison, reconnut-elle, exaspérée de ne pas avoir pensé à cela. Stam ne reconnaîtrait pas aussi facilement sa défaite. Il ferait tout pour reprendre le contrôle de la situation, quitte à recourir à des méthodes douteuses.

— Si jamais tu parvenais à t'échapper et à retourner auprès de Stam, je n'irais pas te rechercher pour te ramener ici de force, poursuivit lentement Eros. Mais je ne te laisserai pas confier mon fils à Fotakis. C'est un individu dangereux.

— Tu ne crois pas que tu exagères ? fit Winnie avec une petite moue méprisante. Je suis certaine que mon grand-père ne ferait jamais de mal à Teddy et tu ne réussiras jamais à me persuader du contraire !

— Il suffit de se pencher sur l'histoire de ta famille pour comprendre que Stam a été un père lamentable et je ne veux pas que mon fils vive la même expérience.

— Je ne sais pas de quoi tu parles, répliqua-t-elle avec impatience. Grand-père aime beaucoup Teddy.

— Comme il a aimé ses deux fils ? rétorqua Eros d'un ton cynique. Son prétendu amour paternel ne l'a pas empêché de flanquer ton père à la porte alors qu'il était encore un adolescent, au motif que celui-ci avait osé lui tenir tête. Quant à ton oncle Nicos, il a commis l'erreur d'épouser une femme que ton grand-père ne jugeait pas convenable. Elle était divorcée et Stam a refusé de la rencontrer. Quand ton oncle est mort, ton grand-père et lui étaient des étrangers l'un pour l'autre.

Sentant ses yeux s'embuer, Winnie baissa la tête. Elle ignorait ces détails. Stam lui avait seulement dit que son fils aîné avait trouvé la mort dans un accident, sans lui préciser qu'ils étaient brouillés au moment de son décès.

Et, à tort ou à raison, cette précision douloureuse remettait de nouveau en question sa confiance en Stam.

— Alors ne te fais pas d'illusion, Teddy aura droit au même traitement s'il ne satisfait pas les attentes de son arrière-grand-père, ajouta Eros d'une voix dure.

— J'ai compris, répliqua-t-elle, crispée.

— Et Stam ne m'acceptera jamais. Il est bien trop snob. À ses yeux, je ne suis qu'un *nouveau riche*… Et il n'y a aucune princesse dans mon arbre généalogique !

— Je me moque bien de ce genre de choses, murmura Winnie.

— Peut-être, mais pas ton grand-père. Le pedigree, c'est *très* important pour lui. Ne l'oublie jamais. Il a voulu que je t'épouse pour que tu portes une alliance, de façon à faire oublier que jusque-là tu avais été mère célibataire.

Pour Stam, mon rôle se limitait à cela. J'étais assez bon pour régulariser ta situation et reconnaître Teddy, mais pas pour intégrer la famille Fotakis.

— Peu importe, maintenant…

Mais Eros ne l'écoutait plus. Il s'éloigna et regagna la salle de réception, puis Winnie le vit se diriger vers le bar occupant un angle de la pièce.

Ravie de pouvoir se détendre un peu, elle s'accouda à la balustrade en fer forgé, pencha légèrement la tête en arrière et ferma les yeux.

Eros s'arrêta à l'entrée de la terrasse et regarda Winnie. Les reins appuyés contre la balustrade, la tête légèrement renversée en arrière et les paupières closes, sa luxuriante chevelure brune et bouclée cascadant sur ses belles épaules rondes, elle offrait une vision enchanteresse et follement sexy.

Sentant sa présence, elle ouvrit les yeux et se redressa, comme pour se préparer à l'affronter.

Ce qui était aussi bien, car il ne devait pas oublier qu'elle avait trahi sa confiance et que par conséquent elle n'était pas la mère dont Teddy avait besoin. En l'épousant et en le quittant une seconde fois, Winnie avait bien montré qu'elle ne s'embarrassait pas de principes et ne méritait pas sa confiance.

Quand il lui tendit un verre de vin, elle le prit et, raide comme un automate, le porta à ses lèvres.

— Lorsque je t'ai demandé de m'épouser, je te proposais une association solide, commença Eros en la regardant droit dans les yeux. Un contrat dont la tromperie et le mensonge étaient exclus. J'avais l'intention d'être un mari et un père honorables, et de remplir ces deux rôles de mon mieux.

Un éclat furieux illumina les yeux noisette, leur donnant des reflets mordorés.

— Comment oses-tu me faire la morale après avoir menacé de révéler publiquement les secrets de mes sœurs ?

— Cela ne t'excuse pas de m'avoir épousé avec l'intention de me fausser compagnie ! riposta Eros avec rage. Ton comportement est scandaleux, abominable !

— Tes menaces sont tout aussi scandaleuses et abominables, répliqua-t-elle du tac au tac, le menton haut. Je ne pouvais pas prendre le risque que tu humilies mes sœurs, ni te laisser me prendre mon fils. Alors je *t'interdis* de dire que tu m'as *proposé* une association solide, parce que tu ne m'as pas laissé le choix !

— J'ai choisi la meilleure option pour nous trois et fait passer l'intérêt de Teddy en premier. Si tu avais raisonné de la même façon, tu n'aurais pas tenté de nous séparer.

— Ah bon ?

La colère l'empêchait de respirer normalement, sans compter l'étroitesse du bustier qui lui comprimait les côtes.

— Tu crois vraiment qu'un homme marié qui vit une aventure avec l'une de ses employées est un modèle pour un petit garçon innocent ? Tu es sûr d'être le père que je souhaitais, ou dont j'avais besoin, pour mon fils ?

— Peut-être pas, mais je *suis* son père et à ce titre, j'ai des droits, lui rappela-t-il avec arrogance. Des droits et des responsabilités que tu as préféré ignorer en m'ignorant purement et simplement !

Serrant son verre entre ses doigts, Winnie traversa la terrasse, passa devant Eros et rentra dans la maison.

— Nous avons déjà discuté de tout cela, déclara-t-elle sans se retourner. Alors inutile de recommencer !

— Je t'ai épousée en toute bonne foi. Je ne t'ai même pas demandé de signer un contrat de mariage. *Pourquoi* ? Parce que j'étais assez stupide pour te faire confiance.

Hors d'elle, le visage en feu, Winnie se dirigea vers le bar, saisit la bouteille de vin et remplit son verre.

— Dans ce cas, tu n'as qu'à t'en prendre à toi-même ! lança-t-elle en se retournant vers Eros qui l'avait suivie.

Elle était consciente de le défier, mais elle n'avait plus grand-chose à perdre, de toute façon.

La naïve petite Winnie n'avait décidément été qu'un leurre, songea Eros, fulminant de rage. Elle n'avait existé que dans son imagination.

— J'ai été stupide, mais c'est terminé, à présent, lui rappela-t-il d'un ton féroce. J'ai ma femme et mon fils chez moi, là où est leur place.

— Oui, nous sommes tes prisonniers, rétorqua-t-elle avec un petit rire méprisant. Et alors ? Ce n'est pas parce que tu me retiens de force que je suis ta femme pour autant !

Il ne put s'empêcher de sourire au souvenir de la façon dont elle avait fondu dans ses bras, avant de filer en douce moins d'une heure plus tard. Winnie pouvait mentir ou dissimuler ses intentions, mais elle ne pouvait feindre de rester insensible à sa proximité. Elle s'était endurcie, avait appris à lui tenir tête, à le défier, elle refusait de reconnaître ses torts, mais au fond, elle était encore sa Winnie, celle qui brûlait pour lui autant qu'il brûlait pour elle.

Le sourire dévastateur d'Eros atteignit Winnie en plein cœur. Figée sur place, elle battit des cils tandis que, la gorge nouée, elle reconnaissait qu'au fond d'elle-même elle savait qu'elle avait mal agi. Les manigances et la soif de vengeance de son grand-père l'avaient amenée à commettre un acte hautement répréhensible et contraire à toute morale. Eros avait raison sur ce point. En revanche, elle aussi avait songé avant tout à l'intérêt de Teddy en acceptant de l'épouser. Elle avait *désiré* que leur fils puisse avoir une relation normale avec son père.

Mais le mariage avait représenté un trop grand pas pour elle, une épreuve trop personnelle et humiliante qui lui avait coûté son indépendance et son amour-propre –

qu'elle avait eu tant de mal à retrouver après la naissance de Teddy. À eux deux, Stam et Eros avaient mis en pièces sa vie, son équilibre.

D'autre part, Eros l'ayant cruellement blessée autrefois, elle refusait de prendre le risque de revivre la même souffrance. Aussi entretiendrait-elle des rapports courtois avec le père de son fils, mais s'efforcerait de garder ses distances vis-à-vis de lui. D'autant plus qu'elle savait désormais qu'il l'avait épousée *uniquement* à cause de Teddy.

— Tu m'as épousé avec l'intention de m'humilier et de me priver de mon fils, dit-il en plissant les yeux. Comment justifies-tu cet acte ?

Winnie vida son verre d'un trait et le posa sur le bar d'un geste brusque, avant de tourner les talons et de s'avancer vers la double porte.

— *Winnie* !

Elle s'immobilisa.

— J'ai toujours détesté mon prénom, dit-elle lentement, presque désinvolte. Après m'avoir appelée Winifred, mes parents l'ont raccourci en Winnie, mais maintenant ce diminutif me déplaît tout autant – il me fait penser à un nom de jument…

— Qu'est-ce que tu racontes ?

Elle se retourna à demi vers lui.

— Je n'ai plus rien à te dire.

Durant quelques instants, elle le contempla en silence. Eros Nevrakis, son mari, était d'une beauté somptueuse et vibrant d'énergie mâle. Il la jugeait comme elle l'avait jugé autrefois, parce qu'elle avait menti par omission en acceptant de l'épouser, sans avoir l'intention de rester mariée, ni même de vivre, avec lui. Il l'avait prise en flagrant délit de fuite et rien n'aurait pu justifier son acte.

En proie à une tristesse abyssale, Winnie franchit la double porte et se dirigea vers l'escalier.

— Peut-être, mais moi, j'ai des tas de choses à te dire.

Elle s'arrêta au pied des marches et se retourna.

— Vraiment ? Tu me surprends… Parce qu'il y a deux ans, quand c'était important, tu n'avais rien à me dire.

Il eut un petit mouvement de recul, comme si elle l'avait giflé.

— Tu as disparu. Tu ne m'as pas laissé la possibilité de te dire quoi que ce soit.

— Sois honnête, pour une fois ! Tu n'avais *rien* d'important à me dire, à ce moment-là. Notre histoire n'était qu'une passade pour toi.

Une lueur indéchiffrable traversa fugacement les yeux verts.

— La situation actuelle est déjà assez compliquée sans que nous nous replongions dans le passé ! répliqua-t-il d'un ton ironique.

— Oui, mais le passé a forgé l'opinion que j'ai de toi, riposta Winnie, refusant de se laisser intimider. Et j'ai beau faire des efforts pour être polie et accommodante, à cause de Teddy, je n'arrive pas à oublier que tu es l'être que je déteste le plus au monde !

Elle ne le *détestait* pas, reconnut-elle en gravissant les marches. Et pourquoi avait-elle reparlé du passé ? Mieux valait tirer un trait dessus. Eros ne pourrait pas revenir en arrière ni le changer, de toute façon. Il avait été marié, et il n'avait pas été là pour elle au moment où elle avait le plus besoin de lui, *point final*.

Après avoir ouvert plusieurs portes dans l'espoir de trouver l'endroit où avaient été déposées ses affaires, Winnie arriva à l'extrémité d'un long couloir se terminant par une imposante double porte en noyer massif.

D'un geste impatient, elle poussa les deux battants et aperçut son unique valise posée à l'entrée contre le mur.

8.

Eros referma brutalement la porte à double battant et s'y adossa, la rage continuant de bouillir en lui. Il regarda Winnie qui, se retournant à demi, essayait d'atteindre les minuscules boutons de nacre qu'il avait prévu de défaire un à un. La bouche soudain sèche, il sentit sa libido rugir et se maudit intérieurement. Comment pouvait-il désirer une femme indigne de sa confiance ?

— Tu m'as menti, dit-il d'un ton accusateur.

Elle fit volte-face, les joues en feu.

— Non, je ne t'ai pas menti. Je t'ai épousé comme je m'y étais engagée.

— Tu crois que cela justifie ta conduite ?

— Non, mais c'est tout ce que tu auras comme justification.

— Tu ne me détestes pas, répliqua Eros en s'avançant vers elle. Si c'était le cas, tu ne m'embrasserais pas comme tu l'as fait tout à l'heure.

— C'est une réaction purement physique, dit-elle avec une moue dédaigneuse. Cela n'a rien à voir avec une quelconque émotion. C'est *toi* qui me l'as appris.

Contrôlant ses propres réactions, il tendit la main vers elle.

— Laisse-moi m'occuper de ces boutons pour toi.

— C'est un faux boutonnage, il y a des agrafes dessous, expliqua-t-elle, crispée.

Dès qu'Eros lui posa les mains sur les épaules pour la faire pivoter doucement devant lui, Winnie comprit qu'elle avait de nouveau perdu. Elle se raidit, consciente de l'étoffe qui s'écartait peu à peu, dénudant son dos, ses reins… Les doigts d'Eros l'effleuraient à peine, mais ce simple frôlement suffisait à faire renaître les merveilleuses sensations partout en elle.

— Je ne peux pas recommencer comme avant… Je ne peux pas ! s'exclama-t-elle avec un mélange de dépit et de désespoir.

Inexorable, la chaleur se répandait en elle, l'empêchant de réfléchir, de résister. Ces réactions étaient sans doute normales. Eros lui avait appris autrefois à se consumer de désir pour lui. Depuis, elle avait farouchement refoulé sa propre sensualité et nié son existence, de crainte de retomber dans la même faiblesse.

Lorsque Eros repoussa soudain ses cheveux d'un côté et posa les lèvres sur sa nuque, un violent frisson la parcourut tout entière, achevant de la déstabiliser.

— Je n'ai connu aucune femme après toi, murmura-t-il contre sa peau.

Un courant glacé chassa d'un coup la chaleur qui l'avait envahie. Winnie s'écarta d'un pas et se retourna d'un mouvement brusque.

— Je ne te crois pas.

Le regard d'Eros fouilla le sien.

— C'est la vérité, que tu l'acceptes ou non.

Le cœur battant à tout rompre, elle le dévisagea un instant en silence avec incrédulité.

— Mais… Pourquoi ? Tu étais divorcé… Pourquoi n'aurais-tu pas fréquenté d'autres femmes ?

Une expression sauvage et fière empreignit les traits virils.

— Je n'ai jamais été porté sur les aventures d'un soir et je ne voulais pas non plus m'investir dans une relation plus sérieuse. Je ne me laisserai plus dominer par mes pulsions ni entraîner dans des situations qui ne me conviennent pas.

Elle le contempla avec stupeur. Il ne lui en avait jamais dit autant… Après avoir sous-entendu que ce qu'ils avaient partagé n'avait pas été passager, il venait de reconnaître qu'il lui était arrivé de se laisser dominer par ses pulsions. Faisait-il allusion à elle ou à son ex-épouse ? Ou encore à une autre femme connue autrefois ?

Ce qui sidérait le plus Winnie, c'était d'apprendre qu'Eros, avec son charme viril et sensuel, son énergie vibrante et son charisme, ait pu connaître comme elle des moments difficiles à cause de ses pulsions, ses inhibitions et ses peurs. Cette révélation l'ébranlait et transformait sa vision de lui. Au lieu de voir en Eros un prédateur impitoyable et malhonnête, elle découvrait un être humain vulnérable, avec des secrets et des faiblesses.

— Tu dis la vérité, n'est-ce pas ? demanda-t-elle lentement.

Il haussa un sourcil.

— Pourquoi mentirais-je sur un tel sujet ? riposta-t-il en haussant les sourcils. Quel homme se vanterait d'être resté célibataire pendant deux ans, de nos jours ?

Battant des cils pour refouler les larmes qui lui picotaient les yeux, elle finit par fermer les paupières. Eros laissa alors échapper une plainte et l'attira dans ses bras tandis que, vaincue, Winnie se laissait faire. Et lorsque la bouche d'Eros prit possession de la sienne, elle s'abandonna complètement contre lui, tremblant de la tête aux pieds.

Interrompant leur baiser, il la fit pivoter de nouveau devant lui et entreprit de défaire les dernières agrafes.

— Je ne veux pas déchirer ta robe, murmura-t-il.

— Pourquoi pas ? demanda-t-elle dans un souffle. Je ne la porterai plus jamais, de toute façon.

Tout en prononçant ces mots, Winnie songeait qu'ils pénétraient dans un territoire inconnu et qu'elle aurait dû s'écarter d'Eros, lui résister – et résister au désir qui la consumait. Au lieu de cela, elle restait immobile comme une statue, le corps traversé de frissons brûlants, impatiente de connaître les délices que son mari allait lui faire redécouvrir.

Les doigts tremblants d'impatience, Eros défit la dernière agrafe et s'efforça de refouler les pensées qui revenaient l'assaillir. Il refusa de se rappeler que Winnie n'avait jamais eu l'intention de devenir sa femme ni de partager son lit. À quoi jouait-il, bon sang ? s'interrogea-t-il en sentant la fureur s'emparer de lui. Se laisser aller ainsi à son désir pour elle serait encore plus dangereux, à présent. À cause de son lien de parenté avec Fotakis, ce vieux renard qui l'aurait détruit s'il l'avait pu.

Doucement, il écarta l'étoffe et contempla le dos lisse, le creux délicat des reins, les adorables hanches rondes... Le désir annihila toutes ses défenses, toutes les barrières qu'il tentait en vain de redresser. Tout à coup, plus rien n'importait hormis cette femme qu'il brûlait de posséder de nouveau.

Eros tira sur la robe qui glissa jusqu'au sol dans un bruissement de soie. Winnie portait une minuscule culotte de dentelle blanche et des bas s'arrêtant à mi-cuisse.

Il avait devant lui l'image même de la perfection faite femme.

Après l'avoir fait de nouveau pivoter vers lui, il s'agenouilla devant elle et laissa remonter ses mains sur les jambes fuselées. Mais quand il s'arrêta sur la bande de dentelle terminant les bas de soie diaphane, Winnie se raidit et baissa les yeux vers lui, le regard empli d'émerveillement et de crainte.

Tout doucement, Eros fit glisser un premier bas sur la peau laiteuse.

— Je voudrais te faire tellement de choses que je ne sais pas par quoi commencer, murmura-t-il.

Winnie avait cessé de respirer. Jamais encore elle n'avait été aussi consciente de sa nudité.

— Suis-je toujours le seul à détenir le privilège de te voir ainsi ? demanda Eros d'une voix rauque en lui soulevant un pied pour la débarrasser de sa minuscule culotte en dentelle.

— Quand aurais-je trouvé le temps ? murmura-t-elle avec une pointe de malice. D'abord, j'ai été enceinte, ensuite, j'avais Teddy, et je me battais pour m'occuper de lui en travaillant à des heures impossibles.

Un sourire triomphant se dessina sur la belle bouche sensuelle, puis Eros rapprocha le visage de son ventre et l'embrassa.

— Je t'en suis reconnaissant, dit-il avec calme.

Remarquait-il que sa taille s'était un peu épaissie à cause de sa grossesse ? Forcément. Mais bon, il devait bien savoir qu'il ne retrouverait pas la jeune femme d'autrefois…

Au même instant, Eros se redressa de toute sa hauteur et la souleva dans ses bras avant de l'allonger sur le lit immense. Puis il ôta sa veste, desserra sa cravate et déboutonna rapidement sa chemise de soie blanche.

Le cœur battant la chamade, Winnie contempla le mâle superbe aux yeux étincelants de désir.

— Je n'ai jamais rien désiré autant que je te désire à cet instant, dit-il d'une voix rauque.

Eros était un homme intense et passionné, et il avait toujours réussi à lui donner l'impression d'être unique à ses yeux. De lui être nécessaire. Comme s'il avait un besoin vital d'elle. Pas étonnant qu'elle soit tombée folle amoureuse de lui. Alors qu'en fait il n'avait eu besoin d'elle que pour satisfaire ses besoins sexuels. Winnie repoussa cette pensée. Le désir qui la possédait était trop puissant. Seul le présent importait. Elle penserait à l'avenir plus tard.

La chemise tomba sur le tapis, révélant le torse musclé à la peau hâlée. Fascinée, Winnie oublia toute pudeur et le dévora ouvertement des yeux. Autrefois, elle s'était sentie une autre femme avec Eros et le même phénomène se reproduisait maintenant. Il lui suffisait de la regarder, de la toucher d'une certaine façon pour la transformer en une créature passionnée et vibrante de sensualité.

— Je ne peux plus attendre, murmura Eros.

Avec Winnie, il n'avait jamais été très patient, en effet. Le désir, la soif d'elle avaient toujours eu raison de lui. Il avait bien tenté de se réfréner, mais il avait été emporté par un courant indomptable et dangereux.

Refusant de s'appesantir sur le passé, il se concentra sur le tableau ravissant qui s'offrait à ses yeux. Winnie étendue sur le lit, son corps voluptueux et sensuel offert à son regard, ses mains, ses lèvres…

Il s'allongea sur elle en contrôlant ses mouvements, puis reprit sa bouche avec passion.

Lorsque les grandes mains chaudes se refermèrent sur ses seins et qu'Eros en caressa les pointes durcies, les fit rouler entre ses doigts, Winnie ferma les yeux. Des sensations exquises fusaient en elle, jusqu'au plus intime de sa féminité. Puis les mains descendirent sur son ventre, avec une lenteur presque insupportable…

— Tu me rends fou, murmura-t-il en redressant la tête.

Un sanglot jaillit des lèvres de Winnie. Elle creusa les reins d'instinct, mais Eros l'immobilisa et lui écarta les cuisses, avant de se laisser couler contre elle.

Quand il posa la bouche sur son sexe, qu'il entreprit de la goûter, l'explorer, elle tressaillit et poussa un long gémissement. Les doigts secondaient maintenant la bouche affamée, la soumettant à un enivrant supplice. Dès qu'Eros la caressa avec sa langue, Winnie se mit à trembler tout entière.

Quelques instants plus tard, elle s'envolait dans la jouissance en poussant un cri.

Eros la regarda soulever les hanches et succomber au

plaisir, ses cheveux bruns épars sur l'oreiller, auréolant son beau visage ovale. Le cri de volupté le ravit, et exacerba son propre désir.

— Je voudrais te caresser, chuchota-t-elle au moment où il se redressait.

Se redressant à son tour, elle le repoussa doucement sur le dos.

— J'ai quelques… idées…, murmura-t-elle en rosissant.

— Des *idées* ? dit Eros, surpris et ravi par son audace. Pas de problème, je suis tout à toi, *agape mou*.

Quand, lentement, elle se pencha en avant et que ses cheveux soyeux lui caressèrent la poitrine et le ventre, il laissa échapper un halètement. Et lorsque, du bout de la langue, elle effleura la toison lui recouvrant le torse en même temps qu'elle caressait son érection, Eros creusa les reins en poussant une plainte rauque.

Le membre viril était si doux, si ferme et chaud… Et si sensible à la moindre caresse…

Eros lui saisit les cheveux et souleva les hanches tandis que, s'enhardissant, Winnie lui dispensait la plus intime des caresses. Pour la première fois de sa vie, elle se sentait réellement sexy.

— Je ne peux plus le supporter, dit-il soudain d'une voix rauque. J'ai besoin d'être en toi pour jouir…

— On reprendra ça plus tard, alors, répliqua Winnie en souriant.

Un éclat incandescent traversa les yeux de son mari, puis il se tourna vers la table de nuit pour y prendre un préservatif qu'il enfila à la hâte.

Lorsqu'il s'enfonça en elle d'un coup de reins vigoureux, Winnie s'agrippa aux robustes épaules et se mit à haleter sans retenue, avant qu'il n'écrase sa bouche sur la sienne avec fièvre.

À chaque coup de reins, le plaisir augmentait, l'emportait de plus en plus haut. Et lorsqu'il accéléra le rythme, plus rien n'exista que la merveilleuse exaltation qu'il avait le pouvoir de faire naître en elle.

Le cœur battant à tout rompre, le corps tremblant, Eros l'entraînait de nouveau vers des sommets fabuleux. Des frissons la parcouraient, de plus en plus intenses. Soudain, tout son corps se cambra, se contracta jusqu'à ce que la marée déferle, emportant tout sur son passage.

Éblouie, Winnie redescendit lentement sur terre, les yeux clos et le souffle court.

Au bout de quelques instants, Eros se retira délicatement, puis roula sur le flanc en la serrant dans ses bras. Elle rouvrit les yeux, surprise. Autrefois, il s'écartait d'elle aussitôt après l'étreinte et quittait le lit, alors qu'elle aurait aimé le garder auprès d'elle. Le regard rivé au sien, il repoussa une mèche de ses cheveux, puis lui caressa les lèvres du bout du doigt.

— J'aimerais ne plus utiliser de protection et avoir un autre enfant, avoua-t-il d'une voix rauque.

Stupéfaite, elle le dévisagea en silence.

— J'ai tout raté la première fois, et je serais très heureux de pouvoir être là, avec toi, durant toutes les étapes de ta grossesse.

— Tu es fou ? s'exclama Winnie, abasourdie. Teddy n'a que dix-huit mois ! Et nous ne savons même pas si nous avons un avenir ensemble !

— Si tu t'investissais dans notre relation et faisais avec moi un deuxième enfant, j'aurais davantage confiance en toi. C'est à nous de construire l'avenir. Alors, pourquoi ne pas nous y mettre dès maintenant, sans nous soucier de ce que pense ton grand-père ? Mais bien sûr, si tu préfères…

— Je ne suis pas encore prête à avoir un autre enfant, l'interrompit-elle, sous le choc. Surtout avec un homme qui a omis de me dire autrefois qu'il était marié et m'a brisé le cœur. Tu n'as peut-être pas confiance en moi, Eros, mais de mon côté, je n'ai pas confiance en toi non plus. Et franchement, ce ne sont pas les conditions idéales pour devenir de nouveau parents.

Une lueur blessée traversa les yeux d'Eros.

— Nous pourrions être heureux, j'en suis certain.

— Nous *pourrions* ! répéta-t-elle avec mépris.

Elle se dégagea et bondit hors du lit.

— Cela ne suffit pas ! poursuivit-elle en se dirigeant vers la salle de bains.

Une fois la porte refermée, Winnie s'y adossa, le cœur battant à tout rompre. L'intensité du plaisir lui brouillait les idées, mais l'aveu d'Eros l'avait profondément secouée. Il n'avait pas couché avec d'autres femmes après son départ. Il était resté célibataire pendant deux ans. Cette révélation la choquait autant que le fait de le croire. Toutes ses défenses en étaient ébranlées, la rendant vulnérable. Et, affaiblie par un aveu aussi incroyable qu'inattendu, elle s'était laissée aller et avait fait l'amour avec Eros Nevrakis, alors qu'elle s'était juré de ne plus succomber à l'attirance qu'elle ressentait pour lui.

Mais maintenant qu'ils étaient mariés, tout était différent.

Vraiment ? Le fait d'être l'épouse de celui qu'elle avait aimé autrefois changeait-il quelque chose ? Eros avait été clair : elle resterait confinée sur l'île jusqu'à ce qu'il ait retrouvé confiance en elle. En d'autres termes, elle serait sa prisonnière. Comment se passerait sa réclusion ? Winnie ne se sentait vraiment pas prête à avoir un autre enfant avec lui. Et pourtant, cette éventualité avait fait naître en elle un désir secret.

Cette fois, avec Eros auprès d'elle, sa grossesse se déroulerait tout autrement parce qu'elle bénéficierait du confort matériel qui lui avait tant fait défaut quand elle attendait Teddy. Ce serait merveilleux d'avoir le soutien d'Eros tandis qu'elle s'apprêterait à mettre au monde un enfant doublement désiré…

Se rendant compte qu'elle se laissait aller à des pensées dangereuses, Winnie les refoula de toutes ses forces et se méprisa d'être aussi faible. Eros lui demandait de prouver son implication dans leur mariage mais l'était-elle, *impliquée* ? Ou cherchait-elle juste à gagner du temps avant de prendre une décision ?

Eros demeura un long moment immobile, à fixer la porte de la salle de bains, en proie à un mélange de colère et d'exaspération – doublé d'un sentiment aussi désagréable qu'inconnu : celui d'avoir essuyé un rejet.

Cependant, il comprenait la réaction de Winnie. Parce que leur liaison avait probablement été l'aventure la plus risquée dans laquelle elle se soit jamais lancée. Et que par conséquent, elle n'était pas prête à lui pardonner de lui avoir caché qu'il était marié.

Peut-être était-il temps de lui expliquer pourquoi il ne lui en avait jamais parlé. Peut-être comprendrait-elle alors qu'il leur appartenait à eux seuls de construire leur avenir.

La porte de la salle de bains s'entrebâillant, il s'avança et l'ouvrit toute grande.

Winnie apparut devant lui, ses courbes affolantes enveloppées dans une grande serviette-éponge blanche, ses longs cheveux bruns ondulant sur ses épaules nues…

— Qu'est-ce qu'il y a ? demanda-t-elle, l'air embarrassé et inquiet.

— OK, tu as gagné, dit Eros d'une voix tendue. Je vais te parler de mon premier mariage.

9.

Médusée, Winnie s'assit sur le bord du lit et regarda Eros enfiler un jean, les muscles puissants jouant sous la peau brunie par le soleil.

— Je suis étonnée, répliqua-t-elle enfin. Encore tout récemment, tu affirmais ne pas souhaiter en parler avec moi. Tu as même dit qu'il était trop tard. Que tu ne me devais plus aucune explication.

En réalité, elle lui rappelait son attitude pour dissimuler les émotions qui se bousculaient en elle. Les surprises s'enchaînaient trop vite et la déstabilisaient.

Il la regarda un instant en silence.

— J'étais trop en colère, à ce moment-là. Mais maintenant que tu es ma femme, tu as le droit de connaître certains faits.

Winnie hocha la tête avec appréhension. D'un côté, elle désirait qu'il lui parle de son précédent mariage, mais de l'autre, elle redoutait ce qu'elle allait apprendre, pressentant que ces révélations seraient douloureuses à entendre.

— C'est grâce au prêt accordé par un promoteur immobilier, Filipe Mantalos, que j'ai pu monter ma première entreprise, commença Eros. Je crois avoir déjà fait allusion à lui devant toi, je me trompe ?

— Non, je me souviens de ce nom, en effet. Tu m'as dit qu'il t'avait beaucoup aidé au début de ta carrière dans le monde des affaires.

— Sans le soutien financier et moral de Filipe, je

n'aurais jamais pu me lancer dans cet univers impitoyable et y réussir. À l'époque, Filipe était veuf et avait une fille qu'il adorait : Tasha…

Winnie ne put s'empêcher de tressaillir en entendant Eros prononcer ce prénom. La première fois qu'il avait fait allusion à Filipe, Eros avait mis l'accent sur le rôle joué par celui-ci dans sa vie. De toute évidence, Filipe avait remplacé le père qui lui avait manqué et leur relation avait été très importante pour lui.

— Il y a huit ans, Filipe a appris qu'il avait une tumeur au cerveau. On l'a opéré mais la tumeur était trop importante pour être complètement enlevée, et l'équipe médicale lui a annoncé qu'ils ne tenteraient pas d'autre intervention chirurgicale. Cela n'aurait servi à rien.

Jamais encore Winnie ne lui avait vu une expression aussi grave.

— Filipe avait toujours été un homme réaliste et terre à terre. Il a aussitôt mis de l'ordre dans ses affaires et m'a demandé de veiller sur l'héritage de sa fille jusqu'à ce que celle-ci soit suffisamment mûre pour le gérer elle-même. Et, Tasha étant en effet jeune et vulnérable – et très amoureuse de moi —, il m'a demandé si je pourrais envisager de l'épouser.

— Envisager de *l'épouser* ? répéta Winnie, suffoquée. Mais… Quel âge avait-elle ? Tu dis qu'elle était très amoureuse de toi. Tu entretenais déjà une relation intime avec elle ?

— Non, avant notre mariage, je n'avais aucun lien particulier avec Tasha et ne la voyais que de temps en temps, à l'occasion de dîners avec elle et son père, répliqua Eros. Elle n'avait que dix-sept ans et fréquenter une adolescente ne m'intéressait pas. Je n'étais qu'un familier de la maison et un ami proche de son père. Mais Tasha s'était entichée de moi et a convaincu Filipe qu'il s'agissait d'un amour durable alors que de mon côté je pensais que cet engouement lui passerait rapidement.

Son père désirant faire son bonheur, il m'a demandé de m'occuper d'elle.

— Je comprends, mais…

— Il savait que je n'étais pas amoureux de Tasha, l'interrompit Eros, le visage sombre. Mais comme je ne fréquentais aucune autre femme à ce moment-là, il m'a demandé de l'épouser et de donner une chance à notre union. Il était mourant. Je ne pouvais pas lui dire non, parce que je voulais le voir quitter ce monde en paix. Alors j'ai accepté et le mariage a eu lieu avant que l'état de santé de Filipe ne lui permette plus d'y assister.

— Si tu n'éprouvais aucun sentiment pour elle, tu aurais dû refuser ! s'exclama Winnie, choquée. Filipe t'a fait du chantage affectif.

— Non, il ne s'agissait pas de cela, déclara Eros d'une voix ferme. Je croyais savoir ce que je faisais. Je n'aimais pas Tasha, mais je me souciais d'elle, de son avenir, et je ne voulais pas la priver de protection comme cela m'était arrivé autrefois. En outre, une riche héritière est la proie idéale pour des requins de toutes sortes. Et Filipe avait légué une fortune *colossale* à sa fille unique.

— Elle n'avait que dix-sept ans, dis-tu, et toi, quel âge avais-tu ?

— Vingt-cinq ans. Mais il y avait une grande différence entre nous. Son père l'avait choyée et protégée des blessures de la vraie vie, tandis que mon enfance difficile m'avait appris à faire face aux difficultés. Je savais qu'il me faudrait travailler comme un forcené pour parvenir à faire oublier la mauvaise réputation de mon père dans le monde des affaires. Tasha et moi n'avions pas grand-chose en commun.

— Personnellement, je pense que tu as été fou de l'épouser, répliqua Winnie en plissant le front. Vu son immaturité, tu n'as fait qu'entretenir ses espoirs et ses illusions.

— Je n'ai rien fait pour l'encourager, se défendit Eros, manifestement heurté par ses paroles. Je n'ai pas non plus profité de la situation. En fait, nous n'avons jamais couché ensemble.

Elle le dévisagea avec stupéfaction.

— Jamais ?

— Non, jamais. Tasha aurait voulu un vrai mariage, dans tous les sens du terme, mais j'ai refusé dès le début. Elle n'était pas prête à vivre une relation adulte et méritait d'avoir un mari qui l'aime. Et elle avait également besoin de vivre comme les jeunes de son âge, de faire l'expérience de la liberté dont son père l'avait privée. Elle a été très blessée par mon refus, mais je ne voyais pas d'autre choix.

— Que s'est-il passé, ensuite ? l'interrogea Winnie, suspendue à ses lèvres.

— Nous avons passé un accord. Tasha voulait faire des études de design pour devenir architecte d'intérieur et monter son agence. Elle est partie étudier à Londres et je lui ai dit qu'elle était libre de sortir avec qui elle voulait, ce qu'elle a fait. Malheureusement, elle ne pouvait se résoudre à m'accorder la même liberté. Elle était trop jalouse, trop possessive pour accepter que je puisse fréquenter d'autres femmes. Voyant cela, je lui ai promis que si elle éprouvait toujours les mêmes sentiments pour moi après l'obtention de son diplôme de fin d'études, je donnerais une chance à notre mariage.

— Pourquoi lui avoir fait cette promesse alors que tu n'avais jamais été amoureux d'elle ?

— Parce qu'elle avait le cœur brisé à cause de mon refus de consommer notre union. De mon côté, j'essayais de la repousser gentiment en lui permettant de sauver la face. Je pensais qu'elle finirait par cesser de se croire amoureuse de moi !

— Mais tu n'aurais quand même pas dû lui faire cette promesse, lui fit remarquer Winnie. Tu vivais dans le flou.

— Tu ne peux pas imaginer à quel point je me sentais coupable de ne pas partager ses sentiments, soupira-t-il. Je lui aurais dit, promis n'importe quoi pour l'apaiser.

Winnie imagina Eros s'efforçant de calmer une adolescente prête à tout pour le séduire…

— Mais tu as raison, continua-t-il. J'ai eu tort de lui faire cette promesse, parce qu'au fond je savais bien que nous ne changerions ni l'un ni l'autre. Pendant plusieurs années, notre arrangement a malgré tout fonctionné. J'ai pu exécuter la volonté de son père et veiller sur elle, j'ai géré son héritage et fait en sorte que personne ne profite d'elle. Nous dînions de temps en temps ensemble mais n'avons jamais vécu dans la même maison. Nous menions des existences complètement séparées. Tasha a quitté sa luxueuse résidence universitaire et investi dans l'immobilier, ce qui lui a permis de s'installer dans un appartement situé au-dessus de sa première agence.

— Pas étonnant que je t'aie pris pour un célibataire quand je t'ai rencontré ! dit Winnie. Et que chez toi il n'y ait rien eu qui évoque une femme. Pourquoi ne pas m'avoir dit que tu étais prisonnier d'un mariage que tu n'avais jamais désiré ?

— Ça aurait été injuste vis-à-vis de Tasha. Elle était ma femme et je m'efforçais de rester loyal envers elle. En fait, j'ai respecté ma promesse jusqu'au jour où je t'ai rencontrée. Il n'y avait pas eu d'autre femme dans mon existence depuis que j'avais épousé Tasha. Puis, tu es apparue et ma vie est devenue soudain très compliquée, à plus d'un titre. Officiellement, j'étais marié, mais en esprit, j'étais toujours célibataire… Et il y avait cette promesse stupide que je lui avais faite.

— Mais de son côté, tu as dit qu'elle profitait de la liberté que tu lui avais offerte ?

— Oui, bien sûr. À l'époque où je t'ai rencontrée, elle vivait avec l'un de ses petits amis. Et quand cette relation s'est mal terminée, elle est revenue vers moi pour que je la réconforte, convaincue que c'était le moment idéal de vivre pleinement notre mariage. C'est comme cela que tu as fait sa connaissance, lorsqu'elle s'est rendue à la maison de campagne sans prévenir. Mais de mon côté, j'avais décidé d'en terminer avec cette union bancale et je voulais reprendre ma liberté. Et Tasha a fini par accepter de divorcer.

— Elle est très belle…

Winnie revit la silhouette mince, les cheveux blonds, les longues jambes et le charme indéniable de Tasha.

— Tu ne voulais pas essayer de faire fonctionner votre mariage ?

— Non, répondit Eros, catégorique. Parce que je me sentais davantage son grand frère que son mari. Et quand je le lui ai enfin dit, elle a compris que je ne changerais pas. Mais je ne lui ai pas parlé de toi, pour ne pas la blesser.

Ainsi, il avait toujours fait passer les besoins de Tasha avant les siens, songea Winnie avec tristesse. Il n'avait cessé de protéger sa jeune femme, de la ménager. Il s'était efforcé de rester loyal envers elle. Et lorsqu'il avait enfin obtenu le divorce, elle, Winnie, avait déjà disparu de sa vie.

Mais alors qu'il était libre, il n'avait pas tenté de la retrouver. Et ce constat faisait *très* mal.

En résumé, elle n'avait pas vraiment compté pour lui, jusqu'à ce qu'il apprenne l'existence de son fils.

— J'aurais dû te dire la vérité dès le jour de notre rencontre, reprit-il. Je regrette de ne pas l'avoir fait, mais quand j'étais avec toi, je perdais complètement la tête. Ce que nous partagions était si intense que cela m'irritait et plus j'y songeais, plus je me disais que j'avais tort, mais je ne pouvais me résoudre à mettre un terme à notre relation.

— J'ai bien fait de te quitter, alors, répliqua Winnie, un peu sèchement.

— Comment cela ? demanda-t-il en plissant le front.

Elle se leva, trop meurtrie et trop fière pour laisser entrevoir ce qu'elle ressentait.

— Eh bien, je suis heureuse que tu m'aies enfin dit la vérité, dit-elle à la hâte. Mais en fait, ce qui me préoccupe, là, maintenant, c'est que je meurs de faim !

Avait-il bien entendu ? Elle *mourait de faim* ?

Sidéré, Eros la vit traverser la pièce et ouvrir sa valise restée posée contre le mur.

— Oui, poursuivit-elle sans le regarder. J'avoue que je n'ai quasiment rien mangé de la journée. Alors je crois que je vais aller faire une razzia à la cuisine.

Il l'observa, perplexe. Il n'était pas stupide. Il voyait bien qu'elle lui en voulait et essayait de détourner son attention avec cette prétendue fringale. Mais pour l'instant, Eros ne désirait pas s'appesantir plus longtemps sur le passé. C'était leur nuit de noces, après tout. Et la journée avait été longue et laborieuse.

D'un geste rapide, Winnie se débarrassa de la serviette blanche et enfila un peignoir de soie aux teintes passées. Les traits crispés, elle en serra la ceinture, puis, toujours sans le regarder, se dirigea vers la porte.

— Je t'ai acheté une nouvelle garde-robe.

Elle se retourna, l'air surpris.

— Pourquoi ?

— C'est un cadeau, la rassura aussitôt Eros.

— Merci. C'est très généreux de ta part, répliqua-t-elle en fronçant les sourcils, comme si elle trouvait bizarre, voire inquiétant, qu'il puisse s'intéresser à son allure.

— Je n'aime pas te voir porter des vêtements achetés par ton grand-père, reconnut Eros.

— Vous n'êtes pas en compétition, riposta-t-elle. Il…

— Bien sûr que non, l'interrompit Eros. Tu es ma femme.

— Il a payé uniquement ma robe de mariée, précisa-t-elle. Et comme la plupart de mes affaires sont encore à Londres, je n'ai pas de vêtements d'été. Alors je veux bien utiliser ceux que tu as achetés.

Désormais, elle ne se disputerait plus avec lui, se promit Winnie. Sous aucun prétexte. Il lui arriverait de s'emporter, de trahir ses émotions, de laisser entrevoir ce qu'elle ressentait vraiment…

Que ressentait-elle, exactement ?

Eros l'avait blessée. Pourquoi parvenait-il toujours à l'atteindre ? Au plus profond d'elle-même ? Pourquoi attendait-elle toujours davantage de lui que ce qu'il était prêt à lui offrir ?

Elle avait intérêt à s'adapter à la situation, et vite. Elle se retrouvait coincée dans ce mariage, sur une île, avec un homme qui ne l'aimait pas et qui n'avait pas confiance en elle. En revanche, elle avait toujours son fils et Eros était un amant fabuleux. Par conséquent…

La voix de Zoe résonna dans son esprit :

Regarde les bons côtés, Winnie, pas les mauvais !

10.

— J'aurais mangé du chocolat jour et nuit ! avoua-t-elle en riant.

Comment pouvait-il s'intéresser à ce qu'avait été sa grossesse ? Mystère… Mais il ne cessait de lui poser des questions sur ce qu'elle avait ressenti durant ces neuf mois.

— J'aurais pu avoir envie de nourriture saine, de saumon ou de salade verte, par exemple, poursuivit Winnie. Mais non, je voulais du chocolat. Ce qui m'a valu de prendre un certain nombre de kilos…

— Je suis sûr que ça t'allait bien, murmura Eros.

Les yeux brillants, il caressa ses seins à travers le haut de bikini, puis dégrafa celui-ci et le fit glisser sur ses épaules.

— *J'adore* tes rondeurs…

— Quelqu'un pourrait nous voir ! chuchota-t-elle, affolée et excitée à la fois.

— Non. Nous sommes sur une plage privée et les falaises nous protègent de tout regard importun, répliqua-t-il d'une voix rauque.

Mon Dieu, cet art avec lequel il titillait ses mamelons gonflés et durcis, la faisant tour à tour haleter et pousser des petits cris d'extase…

Glissant les doigts sous le bas du bikini, il referma la main sur son sexe. Une plainte échappa à Winnie tandis que la chaleur se répandait entre ses cuisses. Ils avaient fait l'amour quelques heures plus tôt mais elle avait déjà envie de recommencer… Et son mari aussi, manifestement…

Quelques instants plus tard, elle était à califourchon sur lui, complètement nue.

— Tu étais plus que prête…, murmura-t-il avant de redresser le torse pour l'embrasser à pleine bouche.

La tenant par les hanches, il instaura un va-et-vient régulier qui les fit bientôt haleter tous les deux, jusqu'à ce que tout à coup il accélère le rythme, lui faisant oublier le monde entier. Plus rien n'existait que cette chevauchée fabuleuse qui leur arrachait des cris de plaisir.

Après être grimpée à des sommets encore jamais atteints, Winnie eut l'impression que son corps explosait tandis que la jouissance la submergeait. Alors, Eros l'allongea sous lui, avant de continuer son ensorcelant va-et-vient au même rythme sauvage. Ils ondulaient à l'unisson, leurs corps mêlés ne faisant plus qu'un…

Lorsque soudain il donna un coup de reins plus vigoureux encore, Winnie creusa le dos et sentit une force incroyable l'emporter de nouveau. Les sensations qui la parcouraient étaient si puissantes, si intenses, que tout à coup elle eut l'impression de se dissoudre dans un univers inconnu et merveilleux. Au même instant, Eros se mit à trembler de tout son corps, avant de basculer à son tour dans l'extase en poussant une longue plainte rauque.

Il ne pouvait la garder éternellement prisonnière sur cette île, songea Eros, abandonné dans les bras doux et chauds de sa femme. Ni la forcer à rester mariée avec lui. Mais dès qu'il faisait allusion à l'avenir, Winnie esquivait toute discussion sérieuse, attitude systématique qui l'exaspérait.

Sans parler de la perspective de devoir supporter indéfiniment le comportement de Stam Fotakis, prêt à lui enlever sa femme et son fils à la première occasion.

Eros retint un soupir. Il devait dire à Winnie qu'il avait

récupéré Trilis le jour de leur mariage – et lui faire part des menaces de son grand-père.

D'un autre côté, à quoi bon lui donner des raisons supplémentaires de douter de lui, son époux ?

Mais au fond, il n'avait qu'à s'en prendre à lui-même. Si sa femme se méfiait de lui, c'était parce que, deux ans plus tôt, il avait commis une erreur regrettable en ne lui parlant pas de son mariage avec Tasha.

Doucement, Winnie caressa les reins de son mari. Elle adorait ces instants d'intimité, cette impression de partager des moments uniques avec Eros. Cette tendresse infinie qui l'envahissait et contre laquelle elle se sentait impuissante. Elle aurait voulu le garder pour toujours dans ses bras, ne jamais le laisser s'éloigner d'elle. Parce qu'elle l'aimait. Elle n'avait jamais cessé de l'aimer. Comment avait-elle pu nier cette réalité durant le mois qui venait de s'écouler ? Elle avait refusé de regarder la vérité en face pour ignorer le sentiment d'humiliation allant de pair avec ce constat. D'autre part, elle ne pouvait envisager d'avouer son amour à Eros. C'était son secret.

Mais comment pourrait-elle ne pas se confier à Vivi et Zoe, à qui elle avait l'habitude de tout dire et qu'elle avait au téléphone chaque jour ? Elle leur avait affirmé qu'elle était heureuse mais sans parvenir à les en convaincre. Eros lui avait bien proposé d'inviter ses sœurs à revenir à Trilis, ajoutant qu'elles pourraient y rester aussi longtemps qu'elles le souhaiteraient, mais ni Vivi ni Zoe n'auraient pu reprendre de congés si peu de temps après s'être absentées pour le mariage.

Quatre semaines seulement s'étaient en effet écoulées depuis le jour où Winnie avait épousé Eros. Depuis, elle vivait sur l'île avec lui et leur fils, se réveillant et s'endormant avec le murmure des vagues… Son mari ne la retenait pas prisonnière à proprement parler, mais il ne lui permettait pas non plus d'aller où que ce soit seule. Il craignait que Stam ne revienne l'enlever, avait-il expliqué pour justifier son interdiction. Winnie avait beau protester et lui répéter qu'elle ne se laisserait pas manipuler de nouveau par son grand-père, Eros demeurait intraitable.

Au cours des quinze premiers jours, il les avait emmenés, elle, Teddy et Agathe, faire une croisière dans les Cyclades. Le yacht était moins impressionnant que celui emprunté par Stam, mais Eros employait néanmoins un équipage au grand complet et les cabines luxueuses offraient confort et décoration raffinée, ainsi que l'espace nécessaire pour pouvoir s'isoler en toute intimité.

Winnie avait désormais deux bagues magnifiques. La première, un somptueux solitaire, n'était *pas* une bague de fiançailles, avait précisé Eros en la lui glissant au doigt. Quant à la seconde, un anneau d'éternité, elle était sertie de somptueux saphirs et symbolisait la naissance de leur fils.

Lors d'une escale à Mykonos, ils étaient allés dans plusieurs clubs et avaient dansé jusqu'à l'aube, et Winnie avait vécu cette expérience avec plaisir, surprise de constater qu'elle était ravie de s'afficher avec Eros.

À Trilis, en revanche, ils dînaient tranquillement sur la terrasse, dans une atmosphère différente de celle d'autrefois, notamment à cause de l'attitude d'Eros qui se montrait tendre avec elle et lui offrait des instants précieux que Winnie avait toujours désiré vivre avec lui.

Ils étaient par ailleurs allés pique-niquer dans de superbes baies sauvages nichées au pied des falaises, où Teddy gambadait et courait comme un petit fou, exprimant sa joie à grand renfort de gloussements ravis et de gazouillis compréhensibles de lui seul.

Parfois, ils déjeunaient dans des petites auberges, loin des sentiers battus, et plus d'une fois, Winnie s'était couchée le soir épuisée et enchantée de s'être autant amusée.

Un jour qu'ils se reposaient sur une plage de Paros, ils avaient été repérés par des paparazzis, puis piégés par ceux-ci alors qu'ils faisaient du shopping à Naoussa.

Quand elle avait découvert ensuite les photos à la une des tabloïds, Winnie avait eu du mal à se reconnaître dans la jeune femme au teint hâlé vêtue d'une robe bain de soleil rouge coquelicot, les pieds nus dans des tongs en cuir. Elle avait l'impression de s'être métamorphosée en une créature plus extravertie, moins inhibée. Comme si elle était devenue… non une étrangère, mais une autre version d'elle-même.

Vibrant de son énergie coutumière, Eros lui avait appris à faire du surf et de la planche à bras. Et Winnie, qui nageait comme un poisson, se baignait chaque jour tandis qu'Eros apprenait la brasse à Teddy.

Il les avait également entraînés tous les deux jusqu'au sommet de toutes les collines qui parsemaient l'île, pour leur faire admirer les vues superbes qui s'offraient de là-haut. Perché sur les épaules de son père, Teddy s'égosillait, ébloui par ces découvertes plus excitantes les unes que les autres ; ou, installé dans le porte-bébé arrimé au dos d'Eros, il agitait ses petits bras dans tous les sens en criant à qui mieux mieux.

De toute évidence, il adorait son père. Adoration qui était réciproque. À les regarder ensemble, Winnie avait vite compris que Teddy perdrait beaucoup en étant privé de la présence quotidienne de son père. Ses colères étaient moins fréquentes. Peut-être tout simplement parce que cette phase se terminait. Mais elle voyait bien que Teddy exultait quand il gagnait l'approbation de son père, et renonçait vite aux comportements qui lui valaient des froncements de sourcils sévères et réprobateurs.

Avec elle, Eros demeurait le même qu'autrefois. Charmant, amusant et sexy. Mais il était aussi plus attentif, plus disposé à parler de tous les sujets qui intéressaient Winnie. C'était le changement le plus important survenu en lui. Vivre ainsi avec son mari et Teddy la rendait heureuse, elle ne pouvait dire le contraire. Cependant, elle se rendait bien compte de la nécessité d'aller voir Stam et de parler franchement avec lui. Son grand-père devait comprendre qu'elle n'était plus la même que celle qui avait envisagé de quitter Eros le jour même de leur mariage.

Or elle savait bien que lorsqu'elle annoncerait à son mari son intention d'aller voir Stam, il refuserait tout net de la laisser partir.

Ce jour-là, alors qu'ils prenaient le café sur la terrasse après le déjeuner, Eros tourna la tête vers elle et demanda :

— Que comptes-tu faire, cet après-midi ? De mon côté, je crois que je vais travailler un peu…

— Pas de problème, je m'occuperai de Teddy.

Winnie inspira à fond.

— Mais j'aimerais aller voir grand-père demain.

Eros reposa sa tasse d'un geste brusque.

— *Non*, déclara-t-il, catégorique.

— Je ne te demandais pas la permission, répliqua-t-elle. Et je n'envisage pas d'emmener Teddy avec moi. Tu pourrais inviter Stam à venir *ici* pour le voir, un de ces jours.

Il la dévisagea avec incrédulité.

— Pas question !

— Ce jour viendra, déclara Winnie avec calme. Je ne sais pas quand, mais il *viendra*.

Refusant de se laisser intimider par la teinte ombrageuse qui assombrissait les yeux de son mari, elle ajouta :

— Je refuse que mon grand-père et mon mari soient en conflit. Je vais *tout* arranger.

— Je ne le permettrai pas ! riposta Eros d'une voix dure.

Winnie se leva et traversa la terrasse.

— Je ne t'écoute pas, Eros ! lança-t-elle par-dessus son épaule. Une famille ne devrait pas être divisée. Tu es bien placé pour le savoir, non ?

— Ce qui m'a le plus marqué, c'est de voir ma mère anéantie, répliqua-t-il. Mon père lui a brisé le cœur et elle ne s'en est jamais remise. Un mariage devrait être davantage qu'un contrat entraînant des obligations légales.

Arrivée devant la double fenêtre grande ouverte, Winnie se retourna vers lui.

— Je pense que la plupart des gens partagent ton avis, repartit-elle avec calme. D'après ce que j'ai compris, ton père a traversé ce qu'on appelle la crise de la quarantaine et à partir de là, son existence a déraillé. Quant à ta mère, elle n'a pas supporté cette séparation.

— Je considérais le mariage comme un lien sacré. C'est pour cela que je ne voulais pas épouser Tasha mais que je suis resté marié avec elle aussi longtemps que je l'ai pu. J'espérais que nos différences finiraient par disparaître par magie, mais je ne suis plus aussi naïf, à présent. Et je serais le dernier des imbéciles si je te laissais aller voir un homme qui me hait et qui ne désire qu'une chose : détruire notre mariage.

— Eh bien, le problème, tu vois, c'est que je ne te demande pas de me *laisser* faire quoi que ce soit, répliqua Winnie, non sans humour. Alors j'irai à Athènes, Eros, même si je dois prendre le ferry et que je mette des heures à arriver jusqu'à là-bas.

— Et comment suis-je censé savoir que tu reviendras, bon sang ? demanda Eros.

Winnie le regarda en roulant des yeux.

— En plus du fait que Teddy restera ici ? Il serait peut-être temps que tu aies confiance en moi !

— La dernière fois que je t'ai fait confiance, tu m'as épousé à l'église avant de tenter de t'enfuir lâchement !

— La dernière fois que je t'ai fait confiance, riposta-t-elle, le menton haut, j'ai découvert que tu étais marié. Nous avons commis des erreurs tous les deux…

— Notre mariage n'est pas une erreur, l'interrompit-il avec impatience.

— Seul le temps nous le dira, répliqua tranquillement Winnie.

Repoussant sa chaise, il la rejoignit en quelques enjambées et lui prit le bras.

— Alors laisse-nous du temps, dit-il, farouche. Il

est trop tôt pour aller voir Stam Fotakis – autant tenter le diable ! Il ne ratera pas une occasion de nous causer des ennuis.

— Grand-père désire juste s'assurer que je suis heureuse. Je vais lui parler de ton premier mariage.

Sur ces paroles, elle se dégagea et rentra dans la maison.

— Pardon ? Tu peux répéter ? lui cria Eros alors qu'elle s'apprêtait à monter à l'étage.

Winnie se retourna lentement vers lui.

— Tu as très bien entendu. Je veux que grand-père comprenne que tu te trouvais dans une situation particulière.

— Ce que je t'ai raconté était confidentiel, Winnie.

— Oh ! arrête ! soupira-t-elle. Il faut au moins qu'il sache que ton mariage n'était pas une union normale !

Eros la contempla un instant en silence, le visage semblable à un masque, puis, à la grande surprise de Winnie, son regard s'adoucit.

— D'accord…, dit-il d'une voix rauque. Comme tu voudras !

— Merci. Grand-père est têtu, c'est vrai, et pas toujours très… subtil, mais je ne le rayerai pas de ma vie.

— Il a rayé ton père de la sienne.

— Il a reconnu avoir commis une erreur, répliqua-t-elle avec calme. Les gens changent, Eros.

— Pas toi. Tu es toujours déterminée à regarder tout le monde sous son meilleur jour. Mais tu as tort. Certains individus sont mauvais et toujours prêts à profiter de la faiblesse d'autrui, à les frapper alors qu'ils sont déjà à terre.

Winnie se détourna et monta rapidement les marches, puis se dirigea vers leur chambre.

— Tu crois que je ne le sais pas, après ce que j'ai vécu autrefois dans des familles et des foyers d'accueil ?

— Tu ne m'as jamais parlé de ton enfance ou de ton adolescence.

Se retournant à nouveau vers lui, elle le regarda en croisant les bras.

— Dans la première famille où nous avons été placées,

on m'a volé mes baskets, et j'ai été accusée de les avoir vendues et de mentir. Vivi a été maltraitée par les autres filles. Dans la deuxième, j'étais régulièrement battue par un garçon plus âgé parce que je refusais de lui donner de l'argent. Il ne pouvait pas croire que je n'en avais pas parce que, disait-il, je parlais trop bien pour être pauvre. Dans la troisième, je me suis retrouvée sans mes sœurs. On nous avait séparées. Le mari battait sa femme et quand, une nuit, je me suis interposée, c'est moi qui ai pris les coups.

À ce souvenir, Winnie serra les poings.

— Après cela, j'ai été placée dans un foyer durant un certain temps et quand je suis retournée dans une famille, je commençais ma puberté, ce qui est devenu un véritable handicap.

— Pourquoi ne m'en as-tu pas parlé plus tôt ?

— Parce que la plupart des gens préfèrent ignorer ce genre de choses.

— Pas moi, répliqua Eros en la regardant dans les yeux. Vas-y, continue.

— Quand ce n'étaient pas les hommes qui me reluquaient d'un œil concupiscent, c'était les adolescents du quartier. J'ai eu quelques expériences horribles avec l'un d'entre eux, mais j'ai réussi à m'en sortir indemne. À l'époque où je suis arrivée chez John et Liz, j'étais étiquetée comme ado asociale et difficile. Grâce à eux, à leur aide et leur soutien, je me suis débarrassée de la réputation qui me collait déjà à la peau. À partir du moment où je les ai connus, ma vie a complètement changé.

Winnie s'interrompit et s'aperçut qu'elle pleurait.

— Sais-tu pourquoi je te raconte tout ça ? reprit-elle en essuyant ses larmes à la hâte. Parce que je veux que tu saches que la famille, c'est primordial pour moi, et que je ne m'attends pas à ce que tout soit parfait. Dans une famille, il peut y avoir des êtres très différents. Ça peut être des amis, des gens comme John et Liz, et aussi des individus qui sont dans l'erreur ou manquent de délicatesse, comme mon grand-père. En fait, il ne se rend même pas compte qu'il ferait mieux de s'occuper de ses propres affaires.

Horrifié d'apprendre qu'elle avait traversé de telles épreuves, seule et privée de tout soutien, Eros franchit le peu de distance qui les séparait et la prit dans ses bras.

— Je suis désolé, murmura-t-il.

— Non, ce n'est pas vrai. Tu es comme grand-père. Tu es seulement agacé de ne pas réussir à obtenir ce que tu désires.

— En partie, reconnut-il en essuyant une larme qui roulait sur la joue de sa femme. Mais je tiens à te protéger, c'est important pour moi. Je ne veux pas que tu souffres et je crains que ton grand-père ne te fasse du mal.

— Tu ne peux pas me retenir ici de force toute ma vie !

Il la repoussa doucement et sourit.

— Non, mais j'aimerais bien…

— Je sais…

Puis, le prenant de court, elle se hissa sur la pointe des pieds et l'embrassa avec passion.

Un long moment après, Eros écarta ses lèvres des siennes.

— Ne prends pas cela pour une capitulation…

Il fit mine de réfléchir un instant avant de poursuivre :

— Mais comme je comptais aller à Athènes demain pour affaires, je pourrais te déposer chez ton grand-père en chemin… Je ne repasserai pas te chercher car j'ai un rendez-vous au Pirée et je ne sais pas jusqu'à quelle heure je serai retenu là-bas. Mais peu importe, quand tu seras prête à partir, tes gardes du corps te ramèneront à Trilis.

— Merci, dit-elle avec un grand sourire qui illumina tout son beau visage ovale. Mais *un* garde devrait suffire, tu ne crois pas ?

— Non, quatre hommes t'accompagneront chez Stam Fotakis – je ne veux prendre aucun risque.

— Serait-ce un *truc d'homme* ? demanda-t-elle avec malice. Une démonstration de force virile ?

— Stam sera très agacé, c'est certain. Mais il s'agit d'un avertissement poli destiné à lui faire comprendre que je ne tolérerai pas qu'il tente de s'ingérer à nouveau dans nos affaires. Lui te dira que je suis paranoïaque, évidemment.

— Je m'en fiche, murmura Winnie. Paranoïaque ou non, tu es à moi…

Le silence tomba soudain entre eux tandis qu'Eros restait figé, l'air suffoqué.

— Alors comme ça, je suis à toi ? fit-il en haussant un sourcil noir.

Quelle idiote ! Elle l'aimait, à la folie, mais ce n'était pas une raison pour le lui annoncer sans ménagement, d'autant plus qu'elle savait très bien qu'il était trop tôt, qu'Eros n'était pas prêt à entendre un tel aveu !

— Je vais prendre une douche, déclara-t-elle d'un ton faussement dégagé. On se retrouve tout à l'heure ?

Un quart d'heure plus tard, Winnie sortit de la salle de bains, prit son portable et appela son grand-père pour lui annoncer qu'elle viendrait le voir le lendemain matin.

11.

Stam la reçut dans son bureau, mais il se leva de son fauteuil pour l'accueillir et demanda à son assistante d'aller leur préparer du café, avant de se tourner de nouveau vers Winnie.

— Je t'aurais bien offert autre chose, mais comme tu arrives sans bagages, j'en déduis qu'il n'y a rien à fêter. Enfin, pas encore…

Comprenant l'allusion, Winnie décida d'aller droit au but.

— Je n'envisage pas de quitter Eros, grand-père. Nous avons décidé de rester ensemble.

Les traits de Stam se durcirent, son regard s'assombrit.

— Je suis venue te demander de ne plus tenter de régenter notre vie et d'accepter notre mariage.

Il poussa un juron étouffé.

— Tu es encore amoureuse de ce salaud !

Winnie pâlit mais refusa de se laisser intimider.

— Tu dois admettre qu'Eros et moi formons un couple et qu'il est essentiel pour Teddy que nous tirions le meilleur parti de notre mariage.

— Tu serais prête à te sacrifier pour Nevrakis, hein ? riposta Stam avec mépris. Quand comprendras-tu qu'il se *sert* de toi ?

— Ah bon ? Et *comment* se sert-il de moi ? répliqua-t-elle posément. Je connais ses qualités *et* ses défauts. J'aimerais d'ailleurs te parler de son premier mariage.

Son grand-père l'arrêta d'un geste de la main.

— Tu crois vraiment que je vais me laisser attendrir par une stupide histoire sentimentale à deux sous ?

— Il ne s'agit pas de cela. Je ne cherche pas à t'attendrir mais à t'expliquer quelque chose.

Le plus brièvement et le plus simplement possible, Winnie raconta à Stam comment Eros en était venu à épouser Tasha.

— Suis-je censé être impressionné de t'avoir mariée à un imbécile pétri de romantisme absurde et empêtré dans un sens de l'honneur et une loyauté qui n'avaient pas lieu d'être ? demanda Stam en fronçant les sourcils. Tu lui cherches des excuses, Winnie. Il était marié et a fait de toi sa maîtresse, c'est tout ce que je sais et veux savoir !

Elle redressa le menton.

— Ce n'est pas ce qui s'est passé entre nous, grand-père. Et pour ma part, je comprends qu'on puisse aimer le romantisme, avoir le sens de l'honneur et de la loyauté. *J'apprécie* le fait qu'Eros n'en ait pas voulu à Tasha ou à quiconque d'avoir causé tout ce gâchis. Je suis *heureuse* de n'avoir pas été une simple maîtresse pour lui. Et enfin, je lui sais gré de reconnaître ses erreurs et d'essayer de réparer ses torts.

— Tu es consciente qu'il n'appartient pas à la même classe que les Fotakis ? rétorqua Stam, indigné. Qu'en t'épousant, il vise beaucoup trop haut ? Que le simple fait d'être devenu mon petit-fils par alliance lui ouvrira des portes qui, sans cela, lui seraient demeurées à jamais fermées ?

— Ce qui intéresse surtout Eros, c'est d'être un bon père pour Teddy, pas de profiter d'une quelconque promotion sociale que lui vaudrait sa parenté avec toi, rétorqua Winnie. Et personnellement, je me fiche qu'il ne vienne pas d'une famille d'aristocrates dont la lignée remonterait jusqu'à la Grèce antique.

— En revanche, c'est important pour toi que Nevrakis soit honnête avec toi, n'est-ce pas ? demanda Stam en plissant les yeux. Eh bien, je suis désolé de te décevoir et d'entamer ta belle confiance en lui, mais il n'a *pas* été honnête avec toi.

Cette fois, Winnie se sentit devenir livide. Et quand elle reposa sa tasse sur la soucoupe, sa main tremblait si fort que la porcelaine tinta.

Au prix d'un effort surhumain, elle redressa les épaules et soutint le regard de son grand-père sans ciller.

— Tu peux prouver ce que tu avances, j'imagine ? demanda-t-elle d'une voix mal assurée.

Une lueur de triomphe traversa les yeux de Stam.

— Nevrakis a accepté de t'épouser pour récupérer l'île appartenant autrefois à sa famille. J'avais racheté Trilis pour une bouchée de pain il y a plus de trente ans, au moment où son père a fait faillite. Et depuis, le fiston lorgnait dessus, bien sûr. Au cours de ces dernières années, il m'a fait plusieurs propositions qui ne m'intéressaient pas. Mais en t'épousant, il a récupéré son île. Un cadeau de mariage, en quelque sorte.

Il s'interrompit un instant, comme pour se préparer à lui asséner le coup de grâce.

— Il n'a pas mentionné ce petit détail ? Il ne t'a pas avoué qu'il n'avait jamais posé le pied sur cette île avant que je ne l'autorise à y aller faire un tour pour vérifier l'état de la maison ?

Craignant de lâcher la soucoupe et la tasse, Winnie se pencha en avant pour les reposer sur le plateau.

— Non… Il ne m'en a pas parlé, dit-elle après s'être éclairci la voix.

— Si je ne lui avais pas cédé Trilis, il n'aurait jamais renoncé à sa liberté, Winnie. Et toi, tu voudrais *renoncer* à un brillant avenir pour un tel individu ?

— De quoi parles-tu ? demanda-t-elle dans un souffle.

— Une fois débarrassés de Nevrakis, toi et Teddy pourriez vivre ici avec moi, jusqu'à ce qu'un jour tu rencontres un homme digne de toi.

Winnie sentit la nausée lui monter aux lèvres.

— Un homme choisi par toi, que *tu* jugeras digne de

moi, répliqua-t-elle. Un homme docile qui ne s'opposera jamais à toi, qui te laissera faire la loi à propos de tout et de rien.

— Tu me crois aussi arrogant ? dit son grand-père d'un ton de reproche.

— Ce que je crois, c'est que tu ne supportes pas que quiconque ose te défier, rétorqua-t-elle.

En même temps, elle s'efforçait de ne pas penser à ce qu'il venait de lui révéler. Elle tombait de si haut… La chute était si brutale… Eros l'avait épousée pour récupérer une *île* ? Trilis ne manquait certes pas de charme, et Eros y avait des racines, mais de là à accepter un marché aussi odieux…

— Je t'aime bien, dit Stam d'une voix onctueuse. Même si, mine de rien, tu es aussi rebelle que l'était ton père. Je ne veux pas que Nevrakis te fasse à nouveau souffrir. C'est pour cela que je t'ai parlé de l'île.

Glacée, Winnie se leva de sa chaise.

— Je regrette, grand-père, mais je vais te laisser parce que je n'ai plus rien à te dire pour l'instant.

Eros l'avait prévenue que Stam lui ferait du mal. Sur le moment, elle avait cru qu'il tentait de la protéger, mais à présent, elle se demandait s'il n'avait pas plutôt redouté que son grand-père lui révèle qu'il l'avait épousée uniquement pour récupérer Trilis.

Une fois de plus, elle s'était laissé aveugler par son amour pour lui et se retrouvait anéantie.

— Tu ne vas pas déjà t'en aller ! Tu viens à peine d'arriver…

— Tu as dit ce que tu voulais me dire, grand-père. Tu m'as poussée dans les bras d'Eros et maintenant, tu voudrais que je le quitte, mais je ne me laisserai plus manipuler, répliqua Winnie. Ce qui adviendra par la suite ne regarde que moi.

Avant de sortir de la pièce, elle s'arrêta et se retourna vers Stam.

— Quoi qu'il arrive, quelles que soient les décisions

que nous prendrons Eros et moi, j'espère tout de même que tu viendras voir ton arrière-petit-fils, parce qu'il ne devrait pas pâtir des chamailleries des adultes.

— Tu appelles ça des *chamailleries* ? rétorqua-t-il, l'air abasourdi. Je n'irai *jamais* vous voir là-bas ! Ni toi ni Teddy !

— C'est triste, murmura Winnie. La famille devrait passer en premier, même si on ne peut pas toujours être d'accord avec les autres et leur conception de la vie.

Sans attendre la réaction de son grand-père, elle regagna le salon où l'attendaient ses gardes du corps. Elle avait l'impression d'évoluer dans une sorte de brouillard. Une pensée tournait en boucle dans son esprit : Eros l'avait épousée pour récupérer une île…

Évidemment, rusé comme il l'était, Stam avait su appâter Eros. À elle seule, elle n'avait pas représenté un lot assez alléchant, songea Winnie avec amertume. Et sans l'île familiale à la clé, Eros n'aurait jamais épousé en secondes noces une femme qu'il désirait, mais pour laquelle il n'éprouvait pas d'autres sentiments.

Le cœur en lambeaux, elle s'installa à l'arrière du véhicule noir aux vitres fumées. Eros ne l'avait jamais aimée et ne l'aimerait jamais. Par conséquent, elle ne pouvait rester avec lui. Teddy souffrirait de leur séparation, mais il souffrirait bien davantage en vivant avec deux parents dont l'union reposait sur une vulgaire *prime*.

Elle était forte, indépendante, se rappela Winnie. Elle affronterait son mari et gérerait la situation sans cris et sans pleurs. Pas question de lui montrer à quel point il l'avait blessée. Elle garderait son calme et sa dignité.

Quant à Eros Nevrakis, il s'était bien moqué d'elle, mais il allait le regretter.

Eros fit coulisser la porte de l'hélicoptère et sauta à terre avant de s'élancer vers la maison, presque en courant.

Winnie était restée à peine une demi-heure avec Fotakis

et après l'avoir quitté, elle n'avait répondu à aucun de ses appels et de ses SMS. Cela ne lui ressemblait pas. L'entrevue avait dû mal tourner, comme il l'avait craint. Le vieux renard l'avait-il menacée d'une façon ou d'une autre ? Et lui, avait-il commis une erreur en la laissant aller là-bas aussi peu de temps après leur mariage et la tentative d'enlèvement avortée organisée par Fotakis ?

Quand il pénétra dans le hall, Eros s'arrêta un instant, surpris de le trouver désert.

— Tu es rentré plus tôt que prévu…

Se retournant, il vit Winnie sortir du salon, vêtue d'une élégante robe noire lui arrivant au genou, découvrant ainsi ses mollets galbés et ses chevilles délicates. Elle était si belle qu'il la regarda en silence, fasciné par les adorables rondeurs mises en valeur par l'étoffe légèrement moirée.

— J'ai annulé un rendez-vous lorsque j'ai appris que tu rentrerais de bonne heure.

— Pourquoi cette hâte ? répliqua-t-elle, le regard méfiant.

— Tu es restée très peu de temps avec ton grand-père, alors j'étais inquiet, pensant que quelque chose de désagréable s'était passé.

— Il ne nous a pas fallu longtemps pour nous dire ce que nous avions à nous dire.

Eros la dévisagea de nouveau en silence, perplexe.

— Il y a un détail qui m'échappe ?

— Pourquoi cette question ? demanda-t-elle avec un sourire artificiel. Aurais-tu quelque chose à te reprocher ?

— Tu te comportes de façon étrange, lui fit-il remarquer.

Il regarda autour de lui.

— Où est le personnel ? Où est Teddy ?

— J'ai donné congé au personnel pour la fin de l'après-midi et la soirée, et Agathe a emmené notre fils au village. Ses parents souhaitaient faire la connaissance de Teddy.

— C'est toi qui cuisines ce soir, alors ?

— Il ne vaudrait mieux pas. Je risquerais d'être tentée de t'empoisonner.

— Je vois… Stam t'a raconté des saletés sur mon compte, répliqua Eros avec calme.

— Non, il m'en a raconté une seule, riposta Winnie, ulcérée par le flegme de son mari.

— Je peux savoir quel crime j'ai commis ?

— Stam t'a proposé une prime, un *bonus,* pour te persuader de m'épouser et tu l'as accepté ! riposta-t-elle, folle de rage.

— C'est faux.

— Il t'a donné une *île* pour que tu consentes à m'épouser !

— J'ai accepté l'île de ma famille parce qu'il me la proposait, mais ce n'est pas pour cela que je t'ai épousée.

— Tu mens ! Tu as accepté de m'épouser *uniquement* pour récupérer Trilis !

— J'aurais été stupide de refuser de la récupérer en t'épousant, puisque j'envisageais de me marier de toute façon avec toi, répliqua Eros en s'avançant vers elle.

Hors d'elle, Winnie leva le poing, mais il lui prit le poignet pour arrêter son geste.

— La seule chose importante que j'ai apprise durant cette première entrevue avec ton grand-père, c'était que j'avais un fils. Oui, Stam m'a offert cette île, à laquelle ma famille était très attachée autrefois, mais ce n'est pas cela qui m'a incité à aller jusqu'à Londres pour te voir, puis à t'épouser. Ce qui a motivé ma décision, à l'origine, c'est Teddy.

— Je ne te crois pas. Tu ne m'as pas dit la vérité à propos de Trilis ! Tu m'as menti sur toute la ligne ! lui lança Winnie avec colère.

— Je ne t'ai pas parlé de Trilis, évidemment !

Désarçonnée, elle le dévisagea en silence. Mais quand elle voulut dégager son poignet, il resserra son étreinte.

— J'étais très en colère, avant de t'épouser. J'étais furieux que tu m'aies dissimulé l'existence de mon fils. Mais j'ai surmonté ma colère Si je t'avais parlé de la proposition de ton grand-père concernant Trilis, tu aurais douté de ma sincérité et je ne voulais pas prendre ce risque. Notre relation était déjà assez compliquée comme cela.

— Je refuse de t'écouter, riposta Winnie, les mâchoires crispées. Je me fiche de tes excuses…

— Ce ne sont pas des excuses, mais des explications, l'interrompit-il. Pourquoi aurais-je refusé l'île que ton grand-père m'offrait ? Mon père m'avait demandé d'essayer de la racheter si j'en avais les moyens un jour. Mais comme je n'avais pas grandi ici, je ne me sentais pas vraiment lié à cette île et je ne me suis pas battu pour la récupérer autant que je l'aurais peut-être dû. Jusqu'à ce que je vienne sur place. Là, j'ai ressenti un lien profond avec cette beauté âpre et sauvage.

Un petit sourire s'esquissa au coin des lèvres sensuelles, la fascinant malgré elle.

— Je parle de l'île, reprit-il, pince-sans-rire. Parce que cette maison n'a rien d'âpre ou de sauvage…

Une sorte de panique envahit Winnie à la perspective de devoir le quitter, de devoir s'en aller loin de cette île au charme puissant qui avait conquis son cœur.

— Je vais m'installer ailleurs. Je prendrai un appartement à Athènes… De façon à ce que tu puisses voir Teddy à chaque fois que tu le souhaiteras.

— Et si je souhaite te voir autant que lui ? répliqua Eros, les yeux étincelants. Nous ne pouvons pas vivre séparément. J'ai besoin de vous deux pour…

— Tu n'as jamais eu besoin de moi ! s'écria-t-elle, libérant enfin son poignet.

— La seule chose qui ait changé, c'est que je ne lutte plus contre ce besoin. Il y a deux ans, quand tu as disparu, ma vie a soudain perdu tout son sens.

— Tu parles ! Je ne t'ai même pas manqué !

Eros plongea les yeux dans les siens.

— Tu m'as cruellement manqué, Winnie. Au moment où tu es partie, tu étais devenue le centre de mon univers.

Elle le dévisagea en plissant le front.

— Je ne te crois pas.

— Je ne pensais pas en arriver là. Notre liaison était supposée être une aventure superficielle, mais rien n'a jamais été superficiel entre nous. Je travaillais comme un fou pour pouvoir passer de longs week-ends avec toi. Je t'appelais tous les jours, parfois deux fois par jour. Je me comportais comme un adolescent en proie à ses premiers émois amoureux. Souvent, j'avais à peine franchi le seuil de la maison que nous nous jetions dans les bras l'un de l'autre. Ce n'était pas une passade. Ni une relation superficielle. Mais je refusais de le reconnaître parce que j'étais encore marié et que je n'avais pas assez de courage, ni d'expérience, pour comprendre l'importance que tu avais prise dans ma vie.

— Tu me repoussais, parfois, lui rappela Winnie.

— Oui, parce qu'avec toi je perdais tout contrôle et que cela me perturbait et m'irritait. Je te désirais trop. J'ai essayé de me persuader que je ne faisais de mal à personne en étant avec toi, mais je savais que je me mentais. D'un autre côté, je ne pouvais me résoudre à rompre.

Un éclat inconnu luisait dans les beaux yeux verts. Une chaleur que Winnie n'y avait encore jamais vue.

— Le fait de ressentir pour toi ce que Tasha aurait voulu que je ressente pour elle et elle seule n'arrangeait rien.

— C'est vrai ?

— Après notre divorce, comme je continuais à penser à toi et à la façon dont j'avais trahi celle que j'avais épousée, je me suis dit que je ne valais pas mieux que mon père, avoua-t-il d'une voix sourde. Je vous avais rendues malheureuses toutes les deux. Tasha était ma femme et m'aimait, mais moi je ne l'aimais pas. J'ai vu ma mère vivre la même chose avec mon père et je ne pouvais pas supporter d'infliger la même souffrance à une autre femme. Avec un tel poids sur la conscience, je pensais ne plus avoir droit au bonheur.

Winnie resta un instant sans voix. Cette culpabilité, Eros l'éprouvait toujours.

— Tu n'aurais jamais dû accepter d'épouser Tasha et

son père n'aurait jamais dû te demander de sacrifier ta liberté pour elle.

— Sans doute, mais puisque j'avais accepté, j'aurais dû divorcer dès qu'elle a commencé à fréquenter d'autres hommes, enchaîna-t-il. Mais j'avais donné mon accord et je ne pouvais pas changer d'avis parce que cet arrangement ne me convenait plus. J'ai essayé de tenir ma promesse, jusqu'au moment où je l'ai trahie en m'engageant dans une relation avec toi. Mais je ne t'ai rien promis.

— Non, c'est vrai, acquiesça Winnie.

— Je ne pouvais pas m'avouer que j'étais tombé amoureux de toi, ni chercher à te retrouver quand tu es partie, parce que cela m'aurait forcé à admettre que j'avais divorcé à cause de toi. Et ça, je n'en étais pas capable à l'époque. J'avais été trop marqué par mon père qui avait divorcé d'avec ma mère après avoir rencontré une autre femme, et je ne voulais rien avoir en commun avec un homme aussi faible et aussi cruel.

— Tu étais tombé amoureux de moi ? répéta-t-elle d'une voix tremblante.

— Je crois que c'est arrivé dès la première fois que je t'ai rencontrée. Tu me souriais timidement et moi, j'avais l'impression que mon cœur se dilatait dans ma poitrine. Je te dévorais des yeux, c'était plus fort que moi. Et par la suite, dès que je m'éloignais de toi, je ne désirais qu'une chose, revenir… Être avec toi.

— Es-tu en train de me dire que tu es tombé amoureux de moi il y a deux ans ? demanda-t-elle, le cœur battant à tout rompre.

Eros prit ses mains et les serra farouchement entre les siennes.

— Winnie… Un homme qui s'intéresse à une femme uniquement pour le sexe ne passe pas des heures à bavarder avec elle ni ne reste dans une cuisine à la regarder préparer le repas. Et il ne lui téléphone pas tous les jours parce qu'il est curieux de tout ce qui la concerne.

— C'était peut-être une sorte d'amour… Mais pas

assez puissant pour te débarrasser de ta culpabilité et te pousser à chercher à me retrouver quand tu as recouvré ta liberté.

— Si j'avais su que tu étais enceinte, je n'aurais pas hésité une seconde ! Rien ne m'aurait empêché d'être avec toi ! Mais tu ne m'avais rien dit et je ne savais pas non plus si tu m'aimais.

— Tu étais aveugle ? s'exclama Winnie, ahurie.

— Tu ne m'as jamais donné l'impression que j'étais l'être le plus important à tes yeux. Si j'avais su que tu m'aimais, je t'aurais rejointe où que tu sois, pour que tu ne souffres pas de mon absence. Mais comme je l'ignorais, je craignais de gâcher ta vie en réapparaissant et j'ai préféré te laisser tranquille.

— Tu es tellement stupide ! murmura-t-elle. Je n'ai jamais recherché la perfection, Eros. Je n'ai jamais espéré rencontrer un homme parfait.

— C'est aussi bien. Je ne suis pas parfait et ne le serai jamais. Mais je t'aime plus que tout au monde. Lorsque je t'ai épousée, j'étais trop amer pour le reconnaître.

Il s'interrompit un instant en fouillant son regard.

— La pensée que je pourrais te perdre me terrifie, alors dis-moi ce que je dois faire pour que tu me pardonnes. Je peux rendre l'île à ton grand-père, si tu veux.

— Tu ferais ça ?

— Si je devais choisir entre Trilis et toi ? Bien sûr ! C'est une île, pas le centre de ma vie. Le centre de ma vie, c'est *toi*.

Winnie sourit. Une joie immense irradiait dans son cœur, dans tout son être.

— Tu m'aimes, alors ? Ce n'est pas seulement à cause de Teddy que…

— Bien sûr que je vous aime tous les deux ! Sans toi, je n'aurais pas Teddy.

— Quand nous nous sommes mariés, je pensais que tu m'épousais uniquement pour avoir accès à notre fils, reconnut-elle d'une voix tremblante. Et que pour pouvoir partager la vie de Teddy, tu n'avais pas hésité à me faire du chantage.

— En fait, je vous voulais tous les deux dans ma vie et j'étais prêt à tout pour y parvenir. C'est impardonnable, je sais. Mais je me sentais si frustré d'avoir été privé de ces deux années avec toi et Teddy… que je voulais à tout prix rattraper le temps perdu.

— Je ne veux pas que tu rendes Trilis à Stam, dit Winnie. Ce n'est pas comme s'il souhaitait la récupérer. En fait, il serait probablement offensé par ton geste. Je crois que ce dont nous avons tous besoin, c'est d'apprendre à nous faire confiance les uns aux autres. Et nous ne devons plus nous laisser manipuler par mon grand-père.

Elle se perdit un instant dans son regard rivé au sien avant de murmurer :

— J'ai quelque chose à te dire.

— Vas-y, n'aie pas peur, répliqua-t-il en souriant. Tu peux *tout* me dire, ma chérie.

Le plus succinctement possible, Winnie lui parla des problèmes d'argent de John et Liz, de l'hypothèque et de la menace qui avait pesé sur eux. Elle termina en expliquant que son grand-père avait racheté leur maison, mais ne la ferait transférer à leur nom qu'une fois qu'elle et ses sœurs auraient rempli ses conditions.

À ces mots, Eros lui lâcha la main et la dévisagea avec stupeur.

— Il vous a fait du chantage, à toi et tes sœurs ? C'est à cause de ses *menaces* que tu m'as épousé ? Pourquoi ne me l'as-tu pas dit plus tôt, bon sang ? J'aurais pu mettre un terme à ses manigances en achetant une autre maison à John et Liz !

— Non, ça aurait été impossible, répliqua-t-elle en secouant la tête. Parce que pour cela il aurait fallu que nous disions la vérité à John et Liz en leur avouant nos tentatives pour les aider. Et ils n'auraient accepté ni ta générosité ni la nôtre ! Ils sont bien trop fiers et indépendants pour laisser quiconque régler leurs problèmes financiers. C'est pour cela que nous essayions de les aider secrètement. Et puis, leur maison appartient à la famille de Liz depuis plusieurs générations, alors ils ne se seraient pas sentis aussi bien dans une autre.

— Tu m'as épousé pour qu'ils gardent leur maison ? À cause du chantage que ton grand-père a exercé sur toi alors que pour lui cet achat ne représente qu'une somme dérisoire ? s'écria Eros, abasourdi. Je ne sais pas si je dois te féliciter pour ton sacrifice ou te reprocher ta naïveté.

— Pas de reproche, s'il te plaît. Mes sœurs et moi devions faire quelque chose. Nous ne pouvions pas laisser John et Liz perdre tout ce qui comptait pour eux.

Eros la prit dans ses bras et la serra contre lui.

— Tu aurais dû me demander de vous aider, murmura-t-il.

— Non, protesta Winnie. Je n'aurais jamais pu te demander de l'argent.

— Et pourtant, je ne t'aurais rien refusé… Et je ne te refuserai jamais rien.

Elle renversa la tête en arrière et le regarda dans les yeux.

— Tout ce que je désire, c'est toi, chuchota-t-elle.

— Je suis déjà tout à toi, corps et âme, répliqua Eros d'une voix rauque. Je t'aime comme un fou. Et le fait de savoir que tu m'as épousé pour sauver la maison de John et Liz n'y changera rien !

Penchant le visage vers le sien, il effleura ses lèvres avec les siennes.

— J'ai juste deux petites choses à te demander, murmura-t-il contre sa bouche.

— Ah oui ? Quoi ?

— Nous nous dirons que nous aimons tous les jours.

— Facile…, soupira-t-elle. Et ?

— Nous nous marierons une seconde fois. Et ce sera un vrai mariage, sans aucune arrière-pensée, chuchota-t-il en lui mordillant la lèvre.

— D'accord pour ça aussi. En fait, j'aimerais beaucoup épouser l'homme que j'aime par amour et rien que par amour. Mais si tu ne m'embrasses pas rapidement, je pourrais changer d'avis…

Le bel éclat émeraude illumina les yeux d'Eros.

— Je te préviens, je ne me contenterai pas de *t'embrasser*, murmura-t-il avant de prendre sa bouche avec passion.

Six mois plus tard, Winnie lissa sa robe de grossesse sur son petit ventre rond.

Quand elle avait fini par accepter d'essayer d'avoir un deuxième enfant, elle ne s'était pas attendue à tomber enceinte dès le premier mois ! Elle pensait même que cela prendrait au moins un an. De son côté, Eros était fou de joie, naturellement, et il se mettait en quatre pour la gâter et être présent le plus possible.

Ils n'avaient pas chômé, durant ces quelques mois. Eros avait acheté une maison plus adaptée aux besoins d'un enfant en bas âge, à Londres, de façon à ce que Winnie puisse voir régulièrement ses sœurs. Par ailleurs, ils transformaient petit à petit la maison de Trilis en une demeure plus confortable et plus à leur goût. Winnie adorait séjourner sur l'île, elle s'y sentait merveilleusement bien et avait noué des amitiés alentour. En outre, elle adorait voir Teddy courir en liberté dans l'immense propriété, et aussi pouvoir y accueillir ses sœurs dès qu'elles pouvaient prendre quelques jours de congé. De son côté, Eros voyageait moins et avait établi une annexe professionnelle sur l'île de ses ancêtres.

Deux mois après s'être avoué leur amour, ils s'étaient remariés dans la petite église près du port et son mari lui avait fait entre autres la surprise d'inviter John et Liz. Winnie n'avait pas été dupe : il voulait que ce jour soit aussi spécial, aussi unique que son amour pour elle. Quant à leur seconde nuit de noces, elle avait été encore plus magique que la première.

Ce soir, ils donnaient une soirée en l'honneur des soixante-quinze ans de Stam, qui viendrait accompagné de Vivi et Zoe. Winnie sourit. Il avait fallu des mois pour que celui-ci ait la sagesse de renoncer à ses tactiques d'intimidation et admette enfin que l'aînée de ses petites-filles avait eu raison de rester avec son mari. Eros avait dû aller l'inviter personnellement, tandis que Winnie faisait de son mieux pour lui faire accepter l'idée qu'ils souhaitaient organiser une petite fête en son honneur.

Voyant qu'on étalait le tapis rouge devant lui, Stam avait saisi l'occasion de faire la paix et tout reste d'aigreur l'avait quitté lorsque son arrière-petit-fils avait traversé la pelouse en courant pour venir refermer ses petits bras autour de son cou.

— Tes sœurs ont l'air en pleine forme, dit Stam en milieu de soirée à Winnie.

Tout en parlant, il regardait Vivi, superbe dans une robe rose fuchsia. Mais quand il aperçut Zoe, assise sur une chaise le dos au mur, il fronça les sourcils.

— Zoe va devoir s'affranchir de sa timidité.

— Ce n'est pas de la timidité, répliqua Winnie, prenant la défense de sa sœur. Elle n'aime pas les foules, c'est tout.

— J'ai proposé une affaire à ton mari et il m'a envoyé paître ! reprit Stam. Il se méfie de moi parce qu'il est intelligent… J'avoue que je commence à l'apprécier, ma foi. Je n'aimerais pas te voir mariée à un imbécile.

Elle préféra ne pas faire de commentaire. D'autant qu'elle voyait Vivi feuilleter nerveusement un magazine et le tendre à Zoe pour lui montrer quelque chose.

Curieuse, Winnie s'avança vers ses sœurs juste au moment où Eros venait la rejoindre en tenant Teddy par la main.

— Qu'est-ce que tu regardes ? demanda-t-elle à Vivi.

— Ne m'en parle pas ! répliqua sa sœur, le visage blême de colère retenue.

— Le duc de Mancini a racheté une nouvelle banque, dit Zoe. Il doit être vraiment riche.

— Fais voir ? demanda Winnie en s'emparant du magazine.

Ignorant la photo du superbe banquier italien qui avait détruit la réputation de Vivi, elle parcourut rapidement l'article.

— Tu as déjà eu l'occasion de le croiser pour affaires ? demanda-t-elle à Eros.

— Non, il évolue dans des sphères qui me sont inaccessibles, répondit-il en lui prenant le bras.

Vivi lâcha un mot très grossier.

— C'est un membre de la haute société italienne, enchaîna Eros comme s'il n'avait pas entendu sa belle-sœur.

— Un porc ! s'exclama celle-ci avec mépris. C'est un *porc* !

— C'est lui qui l'a traitée de prostituée dans la presse à scandale, n'est-ce pas ? demanda Eros quand ils se furent éloignés de Vivi. Je me souviens d'être tombé sur son nom dans le rapport du détective chargé d'enquêter sur toi.

— Oui, c'est lui, et il continue à étendre son empire sans problème ! répliqua Winnie avec amertume.

— Je ne pense pas qu'il continue longtemps, murmura Eros.

Il baissa les yeux sur Teddy qui gigotait pour dégager sa main.

— Quand je pense à ce qui attend Mancini lorsque Stam va s'occuper de son cas, j'aurais presque pitié de lui…

— Grand-père n'a jamais mentionné son nom.

— Il aime bien cacher son jeu, répliqua Eros en plissant les yeux. Ce qui le rend encore plus dangereux. Alors, duc ou pas, Mancini ne perd rien pour attendre, crois-moi…

Après avoir confié Teddy à Agathe venue le chercher, Eros entraîna Winnie sur la terrasse.

— Tu te souviens de notre dispute, le jour de notre mariage ?

— Je préfère l'oublier. J'étais si malheureuse et si furieuse…

— C'était sans doute une étape nécessaire, répliqua Eros, philosophe. Mon ego en avait pris un sacré coup, lorsque ma femme a tenté de me fausser compagnie…

Winnie se tourna vers lui et lui repoussa doucement une mèche du front.

— Il s'en est vite remis, murmura-t-elle.

— Grâce à toi, dit son mari d'une voix rauque.

Quand elle s'appuya contre lui, il pencha son visage vers le sien en chuchotant :

— Tu es une sorcière, ma chérie. Maintenant, je vais devoir rester ici jusqu'à ce que je sois redevenu assez décent pour me présenter devant les invités.

— À nous deux, on devrait pouvoir régler ton petit problème, chuchota Winnie contre ses lèvres.

— C'est vraiment bizarre, murmura Eros. Je t'aime à la folie… *même* quand tu te moques de moi !

Vous avez aimé *L'héritier d'un milliardaire grec* ?
Découvrez la suite de votre série
« Trois soeurs à séduire » dès le mois prochain
dans votre collection Azur.

Retrouvez prochainement,
dans votre collection

AZUR

Les époux des Highlands,
de Melanie Milburne - N°4235

MARIAGE ARRANGÉ

Épouser Logan McLaughlin afin de sauver le domaine de Bellbrae ? L'idée est aussi séduisante que folle, pour Layla. Bien qu'elle ait grandi dans ce château des Highlands, elle ne connaît que l'aile des domestiques, tandis que Logan en est l'héritier. Alors qu'elle admirait de loin le bel aristocrate, lui se lançait à la conquête du monde… Tout les sépare et pourtant, aujourd'hui, Logan a besoin d'une épouse pour conserver les terres de ses ancêtres. Et, contre toute attente, c'est à elle qu'il a décidé de se lier…

La maîtresse d'un duc espagnol,
de Caitlin Crews - N°4236

Implacable. Irrésistible. Hors d'atteinte. Son Excellence Mateo de Luz, duc de Marinceli, est tout cela pour Amelia. Jusqu'au jour où elle décide de le séduire, incognito, à l'occasion d'un bal masqué. Grisée de le voir enfin partager le désir qui la consume depuis si longtemps, Amelia s'offre à lui, pour quelques heures de délices. Mais ce moment d'égarement n'est pas sans conséquence, hélas ! Quand elle se découvre enceinte, en effet, Amelia n'a d'autre choix que de retourner au domaine du grand d'Espagne, pour révéler à Teo qu'elle a été sa maîtresse d'une nuit… et qu'elle porte son enfant !

Le prince scandaleux, de Maisey Yates - N°4237

S'il y a un homme que Latika méprise par-dessus tout, c'est bien le prince Gunnar von Bjornland. Hédoniste à la vie dissolue, celui-ci est auréolé de scandale et embarrasse la couronne depuis trop longtemps. Pour cette raison, Latika a été chargée par la reine elle-même de le réformer… en lui trouvant une épouse digne de ce nom ! Mais, alors qu'elle cherche la femme qui saura tenir tête à cet homme impossible, Latika est soudain contrainte de proposer à Gunnar de devenir elle-même sa princesse…

Une semaine avec lui, d'Ally Blake - N°4238

Une semaine de tentation… Alors que Harper est de retour à Blue Moon Bay pour assister au mariage de sa sœur, la voilà obligée de vivre sous le même toit que Cormac Wharton, dont elle était éperdument amoureuse au lycée. Devenue une brillante femme d'affaires, toujours maîtresse de ses émotions, Harper se croyait immunisée contre la séduction d'un play-boy comme lui ! Hélas, dès qu'elle se trouve auprès de Cormac, son cœur s'affole – bien plus encore qu'autrefois…

Séduction royale, de Dani Collins - N°4239

Que fait un prince à Lonely Lake, petit village reculé de la vallée des Rockies canadiennes ? D'abord méfiante envers le prestigieux pensionnaire du spa familial, Sopi tombe vite sous le charme de Rhys Charlemaine. Et pour cause : sous son regard brûlant, elle n'est plus une simple domestique, mais une femme désirable et désirée. Alors, pour la première fois de sa vie, Sopi succombe au bonheur et au plaisir d'être aimée. Jusqu'au jour où Rhys lui révèle ses véritables intentions, faisant voler en éclats le conte de fées dans lequel elle s'était égarée…

La proposition de Cesare Durante,
de Clare Connelly - N°4240

« Deux semaines. Dans mon lit. » La proposition de Cesare Durante est aussi choquante que tentante… Depuis qu'elle a goûté au plaisir dans les bras de cet Italien sombre et arrogant, Jemima ne pense qu'à le retrouver. Seulement, elle sait que la situation est dangereuse pour elle. Non seulement l'homme d'affaires peut sauver ou briser sa famille d'un simple claquement de doigts mais, surtout, il détient sur son cœur un pouvoir insensé ! Bouleversée par les émotions qui l'assaillent, Jemima hésite : peut-elle céder à Cesare… ou doit-elle lui résister ?

Le fruit d'une liaison new-yorkaise,
de Susan Meier - N°4241

SÉRIE : *LES HÉRITIERS DE MANHATTAN* - 1/3

Avoir une liaison avec l'un des hommes les plus riches de New York n'était pas une bonne idée. Or, maintenant qu'Avery est séparée et enceinte de Jake McCallan, elle mesure l'ampleur de cette folie. Jamais elle n'acceptera que son enfant grandisse dans le milieu privilégié de Jake, perdu au milieu d'une armée de chauffeurs, de nounous et de domestiques. Résolue à le protéger de cet univers luxueux qu'elle exècre, elle cache sa grossesse à l'homme d'affaires. Mais, hélas, celui-ci ne tarde pas à découvrir la vérité – et à lui réclamer son héritier !

Les enfants d'un séducteur italien, de Lynne Graham - N°4242

SÉRIE : *TROIS SŒURS À SÉDUIRE* - 2/3

Pour éviter un scandale retentissant, Raffaele di Mancini est forcé d'épouser Vivien, une jeune femme qui ne partage avec lui rien d'autre qu'une passion inassouvie. Et c'est par une nuit de délices qu'il parvient à la convaincre du bien-fondé de leur union qui devra rester temporaire et de pure convenance. Seulement voilà, quand après leur folle étreinte Vivien découvre qu'elle attend des jumeaux de lui, Raffaele comprend que la situation lui a échappé. Comment désormais rendre à Vivien sa liberté, alors qu'elle donnera bientôt le jour à ses héritiers ?

Mariage en mer Égée, de Jane Porter - N°4243

SÉRIE : *PASSION AU PARADIS* - 3/6

C'est un jour de noces idéal : le ciel est bleu, le soleil illumine la petite chapelle grecque, sur fond de mer Égée. Seulement voilà, la mariée n'est pas censée se trouver ici ! Parce que sa sœur a rompu ses vœux au dernier moment, Kassiani a été sommée par son père de la remplacer à l'autel, pour honorer une union de convenance entre sa famille et celle de Damen Alexopoulos. Une situation d'autant plus difficile qu'elle est humiliante, pour Kass. Alors qu'elle ne peut s'empêcher de dévorer des yeux son sublime mari, celui-ci ne lui accorde pas un regard… Au point qu'elle décide bientôt de donner une chance à ce mariage forcé, en séduisant son époux !

La passion de Leonora, d'Abby Green - N°4244

Abandonnée par son fiancé en pleine réception mondaine, Leonora fuit l'humiliation en présence d'un autre homme, qui lui propose galamment son assistance. Gabriel Ortega Cruz y Torres, puisque c'est son nom, n'est pas tout à fait un inconnu pour elle. Aristocrate réputé pour son intransigeance en affaires et ses conquêtes féminines, il exerce sur Leonora un attrait interdit, depuis le jour où elle a posé les yeux sur lui. Alors, quand elle se retrouve chez Gabriel, secouée par un maelström d'émotions, elle n'a soudain plus qu'une envie : explorer le désir qui la pousse vers cet homme. Sans se douter qu'il lui cache sa véritable identité…

Captive au paradis, de Michelle Smart - N°4245

Prisonnière ? Emily n'en revient pas. Si elle s'est introduite dans le bureau de Pascha Virshilas, le puissant patron de son père, c'était pour trouver les preuves qui disculperaient ce dernier, injustement accusé de vol. Jamais elle n'aurait imaginé mettre la main sur des informations confidentielles et encore moins être surprise par le redoutable milliardaire en personne. Furieux, celui-ci s'est montré très clair : il est hors de question qu'elle divulgue ces informations avant que les transactions secrètes qu'il mène actuellement soient arrivées à leur terme. Et, pour s'assurer de son silence, il compte la garder prisonnière sur son île au large de Porto Rico…

Composé et édité par HarperCollins France.

Achevé d'imprimer en mai 2020.

BLACK PRINT

Barcelone

Dépôt légal : juin 2020.

MIXTE
Papier issu de
sources responsables
FSC® C108412

Pour limiter l'empreinte environnementale de ses livres, HarperCollins France s'engage à n'utiliser que du papier fabriqué à partir de bois provenant de forêts gérées durablement et de manière responsable.

Imprimé en Espagne.